AF454002

BIBLIOTHÈQUE ORIENTALE ELZÉVIRIENNE

LXII

LA

FEMME PERSANE

LE PUY. — IMPRIMERIE MARCHESSOU FILS

LA
FEMME PERSANE

JUGÉE ET CRITIQUÉE

PAR UN PERSAN

Traduction Annotée du *Téédib-el-Nisván*

PAR

G. AUDIBERT

Premier drogman de la Légation de France en Perse

PARIS

ERNEST LEROUX, ÉDITEUR

28, RUE BONAPARTE, 28

1889

PRÉFACE DU TRADUCTEUR

*B*IEN *que le « Téédib-El-Nisvân » ait
été imprimé, il y a quelques années
à peine à Téhéran, il m'a été assez difficile d'apprendre quel en a été l'auteur. On
comprendra d'ailleurs aisément, après
avoir lu cette « Critique des femmes persanes », à quel sentiment celui-ci a obéi
en gardant l'anonyme.*

*Sans doute, il a pensé que le sexe pré-
tendu faible était à craindre, même en
Orient, et qu'à défaut de galanterie envers
ses lectrices, il devait, du moins, faire
preuve de prudence en négligeant de les
enseigner sur son identité.*

Que notre auteur se rassure : je ne

vais pas trahir ici l'incognito qu'il a voulu garder. Il me suffira de dire que cette brochure est l'œuvre d'un des nombreux Princes de la famille Royale de Perse et qu'elle a eu un vrai succès de curiosité dans le monde des « Endérouns [1] ». C'est au point qu'une grande Dame persane voulant venger son sexe a riposté vivement, dans un livre qu'elle a intitulé « Téédil-El-Ridjal » ou Critique des hommes. Nous verrons de faire connaître un jour la réplique de la « Khanoum [2] ».*

Quant à cette première traduction, je ne l'avais d'abord entreprise que pour combattre le spleen *qui m'envahissait parfois en songeant à la distance qui me séparait alors du cher et beau pays de France. Ce petit travail terminé, j'ai ensuite pensé qu'il serait peut-être intéressant de le présenter au public comme un échantillon de la littérature moderne de la Perse, cette terre illustre qui produisit*

1. « *Endéroun* » en persan signifie l'intérieur et désigne les appartements réservés aux femmes. Cette expression répond exactement au mot « *Harem* » employé chez les Arabes et les Turcs. »

2. « *Khanoum* » en persan, « Dame ».

jadis de si brillants esprits. Si ces quelques pages d'un auteur moderne s'éloignent bien du mérite des admirables ouvrages qui nous ont été laissés par les anciens écrivains, c'est qu'il y a loin aussi de l'Iran d'autrefois à celui d'aujourd'hui. Il n'en est pas moins curieux d'étudier le genre et la tournure d'esprit des habitants actuels de la Perse qui restent, comme par le passé, les plus spirituels et les plus fins des Orientaux.

A ce titre, la « Critique de la femme » me paraît d'un choix assez heureux. Tout en ayant le rare mérite de traiter un sujet que les Musulmans n'aiment généralement pas à aborder, cette œuvre sans prétention nous initie, en outre, aux mystères de la vie des « Harems ».

Cela dit, qu'il me soit permis de prendre la parole pour un fait personnel : on peut prétendre, sans fausse modestie, qu'une traduction de langue orientale en français n'est pas chose facile, surtout si l'on veut rester fidèle au texte aussi bien qu'aux exigences respectives des deux langues. Plus d'une fois le traducteur risque de « se noyer dans l'océan des

hyperboles, dans le golfe des métaphores
ou dans le lac des périphrases sur l'onde
desquelles les orientaux se plaisent tant
à surnager ». *Il en résulte que plus d'une
expression, charmante dans leur langue,
devient lourde et presque incompréhen-
sible dans la notre. Moins que tout autre,
j'ai su éviter ces difficultés : c'est pourquoi je fais ici appel à toute l'indulgence
des lecteurs. J'ai fidèlement suivi le texte
que j'avais sous les yeux, voilà mon seul
mérite ou plutôt ma seule excuse! Il n'a
été fait qu'une exception à cette règle;
elle se trouve dans la préface écrite par
l'auteur dont les premières lignes con-
sacrées, suivant l'usage oriental, aux
louanges de Dieu ont été supprimées dans
la traduction.*

*Un dernier mot à l'adresse des dames
pour réclamer aussi en faveur de « mon
Prince » l'indulgence des lectrices qui
pourraient avoir la curiosité d'entrouvrir
ce petit livre. En écrivant sa « Critique
de la femme » l'auteur ne pensait certainement pas à nos belles occidentales qu'il
ne connait pas et qui ne ressemblent « en
rien », au moral surtout, aux femmes de*

son pays. Qu'elles daignent donc ne pas lui garder rancune de critiques qui ne sauraient les concerner et qui visent seulement les persanes, « ces fleurs qui, pour avoir le charme et l'éclat de leurs sœurs d'Europe n'auraient, peut-être, qu'à être tirées hors de serres dans lesquelles, de par la loi du Prophète, on les tient étroitement enfermées. »

Téhéran, le 1er septembre 1887.

CRITIQUE DE LA FEMME

AVANT PROPOS

Un ami qui était, à la fois, mon confident aux heures paisibles et mon soutien dans les moments difficiles de la vie, se plaignit un jour à moi en ces termes : « C'était à l'époque de ma folle jeunesse, le duvet de ma figure était noir comme l'aile du corbeau et l'arbre de ma vie couvert des fruits du désir. L'amertume du temps n'avait pas rendu mes cheveux blancs comme le camphre et ma jeunesse n'avait pas encore été soumise aux dures épreuves que l'âge amène avec lui.

POÉSIE

« *Les feuilles de ma figure, semblable à une rose, étaient, en ce temps là rouges*

comme celle de l'arbre de Judée et mon ado-
lescence était des plus vertes ! »

Dix-huit printemps s'étaient à peine écoulés depuis que j'avais vu le jour et déjà, obéissant aux exigences ordinaires de cet âge, je songeais à épouser la fille d'un de mes petits parents. Le mariage eut lieu, et dès mes plus jeunes années, je me vis soumis aux dures épreuves du ménage et de la famille. Onze ans de ma précieuse vie se perdirent ainsi dans la société d'une compagne qui, bien que fidèle et chaste, ne possédait aucune de ces qualités intérieures qui font le charme de la femme. Tel fut mon sort jusqu'au jour où l'heure de la mort fixée par la destinée sonna pour elle et l'enleva de ce monde. Malgré tout, comme nous nous aimions, pendant une année entière, je fus comme brûlé par le chagrin que me causait notre séparation et je me promis bien à moi-même de ne plus songer à prendre d'autre « femme légitime [1], » sur-

« 1. Les Persans peuvent contracter trois sor-
tes d'unions légales :

1° En se mariant régulièrement, et pour une durée indéfinie (sauf le cas de divorce), à des femmes qui deviennent ainsi *épouses légitimes,* et dont le nombre ne peut être supérieur à quatre.

2° En contractant une union temporaire (de 1 heure à 99 ans) avec des femmes louées sui-vant les conditions d'un contrat *ad hoc* passé

tout dans la classe aisée. Je m'imaginais d'ailleurs, de bonne foi, être le seul homme qui eût eu à supporter, durant plusieurs années, la vie en commun avec une femme d'humeur difficile oubliant ainsi que :

POÉSIE

« Les fils d'Adam ont tous la même origine et que tous sont exposés aux mêmes calamités. »

AUTRE POÉSIE

« Certes non, je ne suis pas le seul qui ai levé les mains en suppliant ; dans cette vallée de la vie combien d'autres mains se tendent aussi vers Dieu pour accuser le bras de la destinée qui les frappe aussi durement que moi ! »

Dans une causerie avec un ami, j'eus un jour l'occasion d'aborder le sujet qui me préoccupait en mettant la conversation sur le chapitre des femmes.

devant les autorités et en vertu duquel elles ont, pour ainsi dire, rang de *maîtresses légitimes.*

3° En prenant pour compagnes des esclaves. Le nombre de femmes que l'on peut prendre dans ces deux dernières catégories n'est limité que par le caprice ou les moyens de l'homme. La loi reconnaît d'ailleurs comme légitimes tous les enfants issus de ces différentes unions. Il est juste d'ajouter que, de nos jours, il est rare qu'un persan, même riche, ait plusieurs épouses légitimes. »

— « Sans aucun doute, lui dis-je, dans ces derniers temps nul n'a souffert autant que moi à cause de ces créatures. »

Il me regarda amicalement et je vis un sourire sur ses lèvres, je lui en demandai aussitôt la raison ; alors, sans répondre à ma question, il me présenta quelques pages écrites à ce propos par un grand personnage, me conseillant de les lire aux heures de tristesse. Ayant été moi-même la victime des femmes, je le priai de me donner les impressions écrites par un autre sur ce sujet. Il le fit de bonne grâce et après avoir lu ces notes, je prends à mon tour la plume pour les publier en les augmentant et en les divisant en dix chapitres. Si ce petit travail est assez heureux pour plaire à ceux qui le liront, ma joie sera grande. En ce cas, j'espère bien que le lecteur mettra ce petit livre entre les mains de ses propres filles afin qu'il puisse servir à leur instruction et à leur bien. Si au contraire, mon ouvrage doit être accueilli avec défaveur par le public, qu'il veuille bien garder le silence sur les petites imperfections féminines auxquelles je m'attaque et accepter ici les humbles excuses d'un humble auteur.

PRÉFACE

A PROPOS DES FILLETTES GATÉES PAR LEURS
PARENTS; CE QUI SE RENCONTRE UN PEU
PARTOUT.

Comment pourrait-il en être autrement
lorsque, depuis leur plus tendre enfance
jusqu'à l'âge de puberté, les jeunes filles
sont habituées à ne manger que des mets
savoureux, à ne boire que de l'eau fraîche
et à n'entendre rien autre que « Petite
Dame! [1] » Chaque bonne d'enfants leur
dira : « Ma petite âme, ma chère petite
demoiselle, toi qui es plus jolie que la
lune... » et naturellement la *petite âme*
est bien vite persuadée qu'elle est belle
comme un paon du paradis. Ailleurs on
lui fera encore entendre des fadeurs dans
ce goût-là : « Chère mignonne, je voudrais

[1]. Le mot Mademoiselle n'existant pas dans la
langue persane, on appelle les jeunes filles
« Petite Dame. »

être offert en sacrifice à ton visage qui resplendit comme la lune; ah! ne fais pas la sottise de te laisser demander en mariage par un homme qui aura un grand turban ou un large manteau [1], celui qu'il te faut pour époux doit ressembler à un souverain et non pas à un pauvre deshérité de la nature. La malheureuse jeune fille qui, depuis sa naissance jusqu'au jour où elle pénètre dans la maison de son mari, n'a entendu que des discours de ce genre finit naturellement par en avoir l'oreille pleine. C'est ainsi que, grâce à la sottise du sexe faible qui ajoute si facilement foi à de telles fadaises, lorsqu'une jeune mariée se rend à la maison de son époux, c'est forcément pour y passer des nuits et des jours plus noirs que ma propre existence déjà si noire! Un tas de vieilles commères accourent alors auprès d'elle, l'entourent et poussent mille et mille soupirs de regrets en voyant cette malheureuse jeune femme que, suivant elles, le mari ne sait pas apprécier à sa juste valeur. Ces femmes paraissent vraiment ne pas se douter que nous avons été créés pour souffrir, et que, durant les batailles de la vie, nos pauvres âmes sont exposées à bien des tourments avant de pouvoir acquérir les biens qui nous atta-

1. C'est-à-dire un homme important, « un gros bonnet » d'un âge déjà mûr.

chent à ce bas monde, comme sont pour l'homme, la femme, les enfants, la famille, toutes choses qui certes ne s'obtiennent pas sans peine! Et, en vérité, celui qu'aucun lien ne rattache à la vie ne trouvera aucune joie ni dans ce monde ni dans l'autre.

Cependant, il faut avouer que parfois c'est aussi un rude tourment que d'avoir femmes et enfants, car il arrive souvent que cette charge pèse sur nous non seulement en ce monde, mais encore dans l'autre! Un poète n'a-t-il pas écrit :

POÉSIE

« Oh toi qui te trouves pris dans les nœuds de la famille, n'espère plus avoir un seul instant de tranquillité! »

D'autre part, il est certain que sans épouse, sans famille et sans richesse, on ne peut se tirer d'affaire ni ici-bas ni même là-haut. Le mariage! Voilà bien la plus grande épreuve de la vie; on se marie, en effet, et l'on s'aperçoit ensuite que, pour l'amour d'une femme, on n'a pas hésité à se plonger dans l'océan des peines de ce monde après avoir abandonné sa mère, son père, son frère, tous ses parents enfin! Au reste, la question du mariage est un problème par trop difficile à résoudre. C'est le Seigneur miséricordieux qui nous a imposé cette loi à laquelle on ne peut se soustraire. Quant à ceux qui refusent de s'y soumettre, ou bien, tout en comprenant les avantages de cette loi, ils feignent à dessein de ne pas s'en rendre compte ou bien ils ne la comprennent véritablement pas. D'où vient donc que les gens de courage n'hésitent pas, eux, à mettre ce joug du mariage sur le cou? Ils sont, il est vrai, accablés sous le poids de ce fardeau, mais ils savent qu'il faut se résigner à la patience. C'est avec raison que ce poète s'écrie :

POÉSIE

« Certes, oui, tu te rends compte de tous les inconvénients du mariage et pourtant quand vient le soir, tu n'en presses pas moins avec joie ton épouse dans les bras! »

N'y a-t-il pas quelque chose de surnaturel dans ce fait qu'une jeune fille renonce ainsi tout d'un coup à toutes ses affections pour s'unir à un étranger qu'elle ne connaît pas et dont elle n'a souvent même pas entendu prononcer le nom ? [1]

---

1. On sait que, chez les Musulmans, les femmes étant strictement voilées, les mariages doivent avoir lieu sans que les fiancés se soient vus. Ce sont les parents qui préparent les unions et les vieilles femmes qui renseignent les fiancés sur leurs mérites respectifs. Cette règle sévère n'est pas toujours suivie et parfois les fiancés se connaissent de vue.

N'est-ce pas le cas de dire avec cet hémistiche :

POÉSIE

« Elle t'a préféré à tout et à tous. »

Dès lors, pour l'amour de cet époux, elle donnera jusqu'à son dernier sou et jusqu'à son dernier souffle, sans hésiter. Que ne fera-t-elle pas pour gagner son cœur ? Il suffira, par exemple, que le hasard la mette en présence d'un de ces sorciers, charlatans qui s'exilent de leur patrie pour courir et exploiter le monde, pour qu'elle croie à son pouvoir magique. Notre homme n'aura, Dieu me pardonne, qu'à lui montrer comme une écriture sainte, une feuille de papier griffonnée à l'encre rouge et un peu de suif d'âne [1] pour qu'elle achète aussitôt ces objets. Elle prendra de même une vulgaire peau d'âne pour une vessie de musc de Tartarie ou un peu de fumier sec pour de la poudre à parfum ; elle ira enfin jusqu'à attendre du secours des parties honteuses de la hyène qui passent, on le sait, pour le meilleur des talismans en amour ! Toutes ces superstitions dans le seul but de se faire aimer d'un mari !

1. Talisman que les femmes persanes emploient pour se faire aimer de leur mari,

POÉSIE

Oui, l'amour a fait déjà et fera encore commettre bien des folies, son pouvoir ne va-t-il pas jusqu'à transformer le froc du moine musulman en ceinture de prêtre chrétien ?

Pauvres femmes qui ne savent pas que ces vains sortilèges reposent tous sur la sottise humaine et qu'il n'ont pas le pouvoir de faire que l'on vous aime. Bêtises que tout cela !

PROSE RIMÉE

« De gentilles paroles peuvent produire quelque effet et non pas certaines parties de la hyène..

« Ce qu'il faut c'est une bonne conduite et non pas de belles étoffes.

« Le bois doit servir à chauffer et non pas à faire brûler les autres d'amour. »

Une vieille peau d'âne doit être jetée et non pas conservée précieusement comme une sorte de capital destiné à produire des rentes d'amour. Un bon naturel seul peut donner naissance à l'amour et non pas le plus ou moins de beauté. Le savoir vivre et la modestie, voilà les vrais talismans pour se faire aimer, car se bien conduire vaut mieux que bien parler.

POÉSIE

« Les traits d'esprit sont autant de flèches

en brillants, si tu n'as pas de bouclier pour t'en garantir, prends la fuite. Ne t'expose pas sans défense à la pointe de ce sabre, car il te percerait sans le moindre scrupule ! »

Il vaut bien mieux avoir à faire à une femme laide qu'à une beauté à l'humeur acariâtre. Le serpent aux belles couleurs noires est un des plus beaux animaux de la création, et pourtant, par crainte du venin que renferme son corps, l'homme s'enfuit à sa vue.

POÉSIE

« Ce n'est pas la femme qui ne songe qu'à sa beauté qui pourra toujours faire les plus grandes conquêtes. Il ne suffit pas de fabriquer un miroir pour être un Alexandre [1]. Mettre son bonnet de travers et s'asseoir avec gravité comme le ferait un grand personnage, ne prouve pas que l'on soit capable de fonder un royaume et de lui dicter des lois. »

Un naturel attrayant et une heureuse éducation sont plus nécessaires à la femme que les ornements et la beauté.

POÉSIE

« Faire mourir quelqu'un de chagrin n'est

[1] Alexandre le Grand passe chez les Persans pour avoir fabriqué ou plutôt introduit les premiers miroirs en Perse.

pas le moyen de s'en faire aimer. L'homme de cœur est celui qui partage les chagrins de ses serviteurs. »

De même qu'une houri [1] qui aurait un fâcheux caractère serait plus détestable qu'un dir [2], de même un *dir malfaisant* qui serait doué d'un heureux naturel serait bien préférable à cette houri.

POÉSIE

« *Heureux celui qui, dans un intérieur tranquille, a le bonheur de posséder une femme douce et aimante, car c'est une preuve que Dieu a daigné jeter un regard miséricordieux sur lui.* »

Oui, l'amour exige des mots tendres et des manières aimables..

POÉSIE

« *Sous forme de reproche on dit un jour au Sultan Mahmoud [3] de la dynastie des Gaznévides : Eyaz [4] n'est pas beau, comment peux-tu l'affectionner ? Vois le rossignol, il n'éprouve, lui, aucun penchant pour la fleur sans parfum et sans éclat ! Ces paroles tou-*

---

1. Vierge du paradis de Mahomet.
2. Génie malfaisant.
3. A régné en Perse de l'an 997 à l'an 1028.
4. Eyaz était un esclave noir que le Sultan Mahmoud affectionnait beaucoup.

*chèrent le Sultan qui finit par répondre :
L'amitié que j'ai pour lui provient de ses
qualités morales et non pas du plus ou moins
de charmes de sa taille. »*

Cet Eyaz n'était qu'un nègre et pourtant, grâce à son excellent caractère, il sut gagner le cœur du Sultan. Oh, femmes qui cherchez à plaire, efforcez-vous donc d'acquérir cet aimable naturel !

POÉSIE

*« Souhaite de trouver une femme qui ait de
solides qualités intérieures et non pas des
dehors brillants ; quelque belle qu'elle puisse
être, prends la fuite si elle n'est pas douée
d'un bon caractère. »*

A vrai dire, les traditions religieuses nous enseignent qu'il faut éviter les femmes, qu'elles soient bonnes ou mauvaises, et n'avoir jamais aucune espèce de confiance en elles. La confiance doit reposer sur un être doué d'intelligence, or Dieu et les saints Imams [1] n'ont-ils pas dit que l'intelligence de la femme était incomplète ? Sa Sainteté, le Commandeur des croyants, Ali, fils d'Abouthaleb (que le salut de Dieu soit avec lui!), a prononcé, de son côté, ces paroles de blâme sur la

---

1. Les successeurs du Prophète.

femme [1] : « Oh hommes, sachez-le bien, la femme est un être incomplet en matière de religion, d'intelligence, d'héritage. Voici les raisons qui prouvent ces diverses imperfections : d'abord, en ce qui touche la religion, c'est qu'il leur est interdit de prier ou de jeûner aux époques de leurs menstrues. Ensuite, sous le rapport de l'intelligence, c'est que la loi exige le témoignage de deux femmes pour un témoignage d'homme, et enfin en matière de succession, c'est qu'elles ne peuvent être traitées d'une façon égale à l'homme qui, en cas d'héritage, touche toujours le double de la femme. Tenez-vous donc sur vos gardes, vous autres hommes, en vous abstenant des femmes mauvaises et en fuyant aussi les bonnes. Ne leur obéissez jamais, même lorsqu'elles vous conseilleront le bien afin qu'elles ne puissent pas espérer de pouvoir un jour vous faire commettre le mal ! » Que peut-on attendre d'un sexe jugé ainsi par l'ami de Dieu et que peut encore ajouter un pauvre diable comme moi ? Evidemment, je ne persuaderai aucune d'elles, et toutes vont m'attaquer, m'injurier et me maudire, mais qu'importe ! Je tiendrai mon engagement et j'écrirai quand même les quelques chapitres promis plus haut.

1. Dans le texte, ces paroles sont reproduites en Arabe puis traduites en Persan.

CHAPITRE I

Il est évident que la réciprocité est la
première condition d'un véritable amour
et qu'avant tout c'est cet échange de sentiments qu'il faut rechercher. Si épris que
l'on soit, on finit par renoncer à son
amour lorsque l'on a sans cesse à se
plaindre de l'être aimé ; en pareille occur-
rence, si un cœur ne gagne pas à ne plus
aimer, il n'y perd rien non plus ! Prenons,
par exemple, deux amants qui, pour se
voir pendant une heure à de rares inter-
valles, auraient les plus grandes difficultés. Comme ce n'est pas sans peine qu'ils
arriveront à avoir cette entrevue tant dé-
sirée, il est certain que, quel que soit leur
caractère, ils passeront cette heure sans
se quereller ni se disputer. Il est facile, en
effet, de faire preuve de patience pendant

une heure ou même pendant un jour, mais comment peut-on durant toute la vie se montrer toujours patient ? Dans une fréquentation suivie, au contraire, tous les défauts apparaissent et, à la longue, la satiété et le dégoût en résultent. Il faut donc que, grâce à ses bonnes dispositions, la femme se garde bien de donner prise aux récriminations de l'homme, chez qui le désir ne fera alors qu'augmenter d'heure en heure. Combien de femmes qui laissent fort à désirer sous le rapport de la beauté ont su ainsi gagner le cœur de leur mari ! C'est qu'aux yeux de l'époux qu'elles rendent heureux, leur laideur est bien préférable à toutes les beautés du monde !

POÉSIE

« Ce n'est pas toujours celle qui a les plus beaux cheveux et la plus jolie taille qui est supérieure aux autres ; donne plutôt ton cœur à celle qui brille par ses qualités intérieures ! »

Je sais bien qu'en agissant ainsi on s'expose à entendre dire par les étrangers et même par les siens : « Il faut vraiment que cet animal de X... ait le goût bien dépravé pour aimer une femme aussi laide que la sienne ! Mais comme cet animal de X... est parfaitement tranquille et heureux, il laisse parler et, sans quitter les jupons de sa femme, il lui dit :

POÉSIE

« J'en jure par ta tête [1] *aimée dans tout l'univers personne ne pourrait te chasser de mon cœur ! »*

En revanche, que de beautés parfaites sont, au jugement de leur mari, pires que le serpent ou que le scorpion venimeux. Avec toute leur beauté, bien souvent ces malheureuses ont à se plaindre amèrement de leur sort et en sont réduites à poursuivre quelque prêtre ou quelque juif dans l'espoir d'obtenir d'eux un talisman qui puisse les faire aimer [2].

POÉSIE

« Voilà bien des années que mon cœur soupire après l'amour, tandis qu'il se trouve en lui-même il va le chercher ailleurs ! »

Chez vous aussi, femmes, l'amour se trouve en vous mêmes et c'est bien votre faute si vous ne savez pas le découvrir.

Ce qui fait que les femmes laides ont souvent les plus grands succès en amour, c'est qu'elles savent que la beauté leur manque et qu'elles s'efforcent de la rem-

1. Formule de serment très usitée chez les Persans.

2. En Perse, les Mollahs et les Juifs se font de riches revenus en exploitant la crédulité féminine.

placer par les qualités du cœur et de l'esprit.

POÉSIE

« A cet arbre des désirs j'ai cueilli bien des fruits (d'amour) et il n'en est pas qui soient plus doux et plus savoureux que ceux-là. »

Par contre, celles qui sont jolies sont si persuadées de leur beauté qu'elles ont tous les dédains possibles et la plus haute opinion d'elles-mêmes. La vanité qui chez elles l'emporte sur tout le reste, ne leur permet plus de se rendre compte de leurs actes. Elles se laissent monter la tête par les flatteries insensées des vieilles femmes qui ne tarissent pas en éloges sur les charmes de leur personne et leur répètent sans cesse :

POÉSIE

« Le chemin qui conduit sûrement à l'amour c'est la coquetterie; dans ce monde; comme dans l'autre, c'est par là que les amoureux se laissent entraîner. »

Ces conseils absurdes font que les pauvres mignonnes s'éloignent de l'étape et perdent la route véritable. Alors elles s'aperçoivent bientôt qu'elles sont tombées en disgrâce auprès de leur époux et qu'elles sont condamnées à vivre à l'avenir au milieu des soupirs, de la douleur et du malheur.

POÉSIE

« Le bonheur s'est enfui, tandis que moi je reste avec le cœur consumé et l'œil inondé. »

Croyez-moi, ô femmes, vous ne devez pas compter sur les séductions de vos grâces, ni vous éloigner un instant du sentier des convenances. Résistez à vos caprices, et en toute circonstance soyez soumises à votre époux.

POÉSIE

« Ce que les pauvres humains peuvent faire de plus sage, c'est de renoncer à leur volonté et de remettre leur sort entre les mains du Dieu tout-puissant. »

L'épouse doit une obéissance passive à son mari. Il faut qu'elle soit docile à ses ordres sans demander ni comment ni pourquoi et qu'elle se dise :

POÉSIE

« Tant que j'aurai un souffle de vie, j'accepterai avec bonheur tout ce qui me viendra de toi, même tes injustices. »

Quand bien même son mari lui plongerait la main dans le feu, il serait encore sage de sa part de dire que ce feu lui est aussi agréable qu'un parterre de fleurs [1].

[1] Allusion au sacrifice d'Abraham. D'après les traditions musulmanes, le feu dans lequel

Qu'elle se garde bien de pousser un seul soupir quand son mari lui demande certaine faveur, car ce soupir là pourrait laisser des traces pour la vie entière et troubler ainsi toute son existence !

POÉSIE

« Si tu te lies d'amitié avec un cornac, il faut que ta maison soit assez grande pour recevoir son éléphant. — Ou ne cherche pas à plaire ou accepte les conséquences de ta coquetterie. »

Quant une femme soutient une opinion contraire à celle de son mari et que convaincue de son infaillibilité, elle en arrive à dire, comme dans certaine histoire turque : « Tu es un homme, c'est possible, mais moi j'en suis un autre », alors tout amour devient impossible.

HÉMISTICHE

« Ma pensée, c'est la tienne ! »

Voilà ce que la femme doit dire. Celle qui pourrait réunir toutes ces qualités serait comme un don céleste fait aux pauvres humains. Mais, hélas! sur cent mille femmes s'en trouve-t-il une qui atteigne cette perfection? Les conseils que je leur donne là auront autant de résultats pratiques que de chercher à mesurer le clair

Abraham exposa Isaac se changea en un jardin délicieux.

de lune ou à réduire de l'eau en poussière. Il est probable, il est même certain, qu'au lieu de m'écouter elles se diront entre elles : « Que le laveur de morts emporte ce bavard qui radote et que son propre sang serve de teinture à la barbe [1] de cet animal qui veut faire la leçon aux autres sans rien savoir lui-même. » Cela tient à ce que les pauvres femmes ne se doutent pas que

POÉSIE

« En ce monde pour atteindre le bonheur il faut ne faire qu'un seul cœur avec la personne aimée. »

L'union intime entre femme et mari, c'est un bienfait de Dieu. Qu'importe alors s'ils meurent encore jeunes, n'est-ce donc rien qu'une vie à deux passée dans le bonheur, si courte qu'elle puisse bien être ? Tout cela dépend de la femme, car c'est elle seule qui peut faire naître et entretenir l'amour vrai.

POÉSIE

«Prêche le bien, ô Hafiz [2], c'est là ton devoir : tant mieux si l'on t'écoute, tant pis si l'on reste sourd à ta voix !»

1. Les Persans ont l'habitude de se teindre la barbe en rouge au moyen du « Hennéh », composition végétale.
2. Hafiz, est un des plus célèbres poètes de la Perse. Les vers cités ici ont été écrits par lui. (né en 1320, mort en 1391).

CHAPITRE II

RETENEZ VOS LANGUES

POÉSIE

« *Les blessures causées par une langue sont bien plus dangereuses que celles que peut faire la lance la plus aiguë.* »

Un mot imprudent peut, en effet, avoir parfois de terribles conséquences. Retenez donc vos jolies langues avec soin mes toutes belles, et souvenez-vous de ces sages maximes :

POÉSIE

« *Des lèvres douces ne doivent pas laisser échapper des paroles amères; est-il, d'ailleurs, rien de plus agréable qu'un gentil babil ?* »

AUTRE POÉSIE

« *Un langage amer est toujours l'indice d'un mauvais caractère et c'est seulement au moyen de douces paroles qu'on arrive à « décrocher la timbale. »*

Non, elles ne se referment pas les blessures causées par la langue et toute la vie il en reste des traces. Aussi est-il vraiment absurde, de la part d'une femme, qui vient de lancer mille propos désagréables à son mari, de se figurer qu'il oubliera entièrement cette scène, pourvu qu'elle s'excuse ensuite à peu près en ces termes : « Eh, mon cher, en temps de guerre, on ne peut pourtant pas bombarder l'ennemi avec du pain et des douceurs. » Sans doute, Madame, on ne fait pas la guerre avec des douceurs, mais bien avec des canons, des fusils, des bâtons et des pierres ; mais permettez-moi d'ajouter qu'après avoir cherché une sotte querelle à votre mari, il est un peu tard pour venir lui offrir vos douceurs.

Les disputes chassent l'amitié et obligent à renoncer aux convoitises de l'amour. Dans une querelle de ménage toutes les paroles échangées restent gravées sur les tablettes du cœur où elles produisent une plaie incurable. Que la femme ne s'emporte donc jamais. Si son mari (à tort ou à raison) est mal disposé, qu'elle s'efforce de dissiper sa mauvaise humeur en redoublant de gentillesse dans ses actes et dans ses paroles. Cette sage conduite produira sur la mauvaise humeur de l'homme l'effet de l'eau sur le feu. Selon moi, même lorsqu'elle n'est pas fautive, une femme habile doit prendre sur elle les torts de son époux et lui en demander pardon. Si elle joint à cet adroit manège quelques savantes flatteries, elle arrivera ainsi à le rendre confus, sinon à l'instant, du moins plus tard, et elle en profitera à son tour, car tout cela la fera aimer encore davantage. Ne vaut-il pas mieux dire gentiment : « j'ai eu tort, ces paroles me sont échappées, » que de se camper en face de son mari en gesticulant et en criant. En ce dernier cas, les gros mots arrivent bien vite et souvent avec eux le chagrin pour plusieurs années.

Quand bien même une fille de millionnaire aurait pour époux un pauvre chauffeur de bains, elle devrait néanmoins être modeste et respectueuse envers lui, car ce qui fait de la femme un objet précieux, c'est l'amour pour son mari.

Si une femme s'aperçoit que ce dernier est mal disposé et qu'elle désire mettre un terme à sa mauvaise humeur, au lieu de commencer à se plaindre, ce qu'elle a de mieux à faire c'est de saisir le premier prétexte pour s'éloigner sans bouder. Au bout d'un instant, elle pourra revenir et sans prononcer la moindre parole irritante, sans faire la plus petite allusion, elle devra alors s'efforcer, par tous les moyens en son pouvoir, de lui inspi

des idées plus gaies. Je sais bien, hélas !
que ce n'est pas chose facile et que tout le
monde ne possède pas cette force de
caractère.

POÉSIE

*« Pour enlever une charge de 600 kilos, il
faut avoir en soi une charpente d'os d'au
moins 300 kilos ! »*

L'homme vraiment viril n'est souvent
pas maître de lui, comment la femme
pourrait-elle toujours se maîtriser, elle
qui a le cœur si léger et l'esprit si faible ?
Il n'en est pas moins vrai que si l'on tient
à conserver l'amitié, ou l'amour, il faut
goûter au breuvage amer de la patience.

POÉSIE

*« La patience est amère, mais le fruit en est
doux ! »*

Couper sa langue avec un sabre tranchant
vaut mieux que s'en servir pour se disputer, car toujours le repentir suit de près
les querelles. La colère enlève prompte-
ment tout sang-froid, alors l'amitié se
déchire vite aux épines des gros mots et
aucune aiguille ne peut ensuite réparer
cet accroc. C'est en vain que l'on ferait la
paix, elle ne saurait être sincère et toujours la rancune resterait au fond des
cœurs.

POÉSIE

*« Il n'est pas possible de réparer une corde
cassée sans qu'il ne reste trace des nœuds ! »*

Celle qui se dit : « Après tout, je n'ai
fait que répliquer et ne pas répondre à
des paroles désagréables n'eût pas été
digne de ma part », celle-là déraisonne
et fait fuir ainsi l'amour qu'elle voudrait
tant retenir.

POÉSIE

*« Dans une maison où la femme ne cesse
de crier, il faut fermer la porte de la joie [1],
Il vaut mieux aller nu-pieds que de marcher
avec des souliers étroits. A côté des tourments
que l'on a à subir dans un intérieur où règne
la discorde, les inconvénients du voyage ne
sont rien. »*

L'amitié et l'amour ne choisissent pas
pour demeure un ménage où la femme
passe son temps en criailleries : au lieu de
l'union et de la paix, c'est alors la guerre
qui se produit bientôt. Après une querelle, ne comptez pas sur une réconcilia-
tion sincère et durable, car il est dans la
nature des choses que l'ennemi soit tantôt en paix et tantôt en guerre avec son
adversaire. Il n'est pas bien que la femme

---

1. C'est-à-dire : il faut renoncer à tout bonheur.

parle d'une façon tant soit peu grossière, fût-ce pour plaisanter. Sans doute la plaisanterie n'est pas défendue, mais à condition qu'elle ne renferme jamais ni mots déplacés, ni allusions blessantes. Critiquer les actes de son mari, l'interrompre dans la conversation ou se plaindre de lui, surtout à des personnes étrangères, ce sont là de fort vilaines habitudes. Une parole en entraîne toujours une autre et toute conversation qui pourrait laisser croire qu'une femme a à se plaindre de son époux doit être évitée avec soin. En effet, presque toujours les choses sont racontées ensuite d'une façon différente et c'est ainsi que les malheurs arrivent sans que personne ait eu de mauvaises intentions.

CHAPITRE III

Quand bien même elle aurait cent raisons de le faire, la femme ne doit pas se plaindre de son mari, car inévitablement à ses plaintes répondront d'autres plaintes. Les récriminations engendrent la froideur et, si grande que puisse bien être l'union, finissent par devenir une cause de chagrin. Au reste, femmes et hommes, de quoi avons-nous tant à nous plaindre les uns des autres ?

Sa Majesté le Roi des Rois [1] l'a écrit dans ces vers :

POÉSIE

« *Ta jolie figure ne doit pas être vue en pleurs. C'est surtout lorsqu'il n'est pas voilé*

---

[1] C'est du Shah actuel, Nasr-ed-Din qu'il est question ici. Comme une grande partie de ses sujets Sa Majesté est poète à ses heures.

(par les larmes) *que j'aime à contempler ton visage.* »

Après ces vers, n'est-ce pas le cas de dire avec les arabes : « les mots des Rois sont les rois des mots ? »

Rien n'est plus désagréable que d'entendre des plaintes perpétuelles ; jeunes épouses, laissez donc les récriminations aux vieilles. A la rigueur, on comprend les plaintes dans un ménage désuni, mais quel sujet de gémir peuvent avoir des époux qui s'aiment ? Toujours récriminer c'est appeler la brouille et vouloir un dénouement fatal. Cependant j'ai connu plus d'une femme qui n'était contente que dans le mécontentement, plus d'une qui cherchait toujours prétexte à donner libre cours à sa mauvaise humeur.

POÉSIE

« Une femme dit un jour à son mari : je n'ai aucune raison de me plaindre ; mais que faire ? j'ai encore moins la force de dompter ma nature. Tu dis que je n'ai pas de force de caractère, tu as tort, c'est toi qui n'a pas de force physique. »

Encore si ces femmes qui ne cessent de grogner, le faisaient d'une façon discrète, mais, Dieu me pardonne ! elles crient toujours comme des ânesses et prétendent ensuite qu'elles n'ont pas élevé la

voix. Maudits soient ces cris qui sont
comme un échantillon de la voix de l'âne ;
car, comme il est dit dans le Coran : « De
tous les cris, c'est celui de l'âne qui est le
plus terrible. » Que les femmes ne croient
pas qu'une forte voix soit un mérite pour
elles, qu'elles n'ajoutent pas foi aux flatteries de ceux qui leur disent : « Machallah ! [1] tu as un son de voix pareil au bruit
du canon et il pleut comme du feu de ta
bouche. » Comment ne comprennent
elles pas que ces éloges sont ridicules ?
Est-il rien de plus déplaisant, en effet,
que de voir une femme gesticuler, un
bras au couchant, l'autre au levant, bon-
dir de côté et d'autre, l'écume à la bouche,
les yeux hors la tête, se démener comme
une folle, agiter ses mains, se rouler d'un
genou [2] sur l'autre au point de faire lever
la poussière jusqu'au 7e ciel : tout cela
avec accompagnement de cris et de mots
plus désagréables que le poison ? Par dessus le marché, le pauvre mari risque
encore d'attraper quelque mauvais coup
dans la bagarre. Quoi de plus charmant,
au contraire, que d'entendre une femme
parler avec douceur et gentillesse comme
le ferait une convalescente ? Quoi de plus
séduisant que de petits gestes gracieux et

1. Machallah ! Exclamation arabe admirative.
2. Au lieu de s'asseoir « à la turque, » les
Persans se reposent à genoux.

des manières mignonnes? Un gentil babil augmente le désir, et des façons agréables font que tous les yeux veulent voir et toutes les oreilles entendre. Si une femme qui réunit ces agréments, cesse de parler, c'est du fond du cœur et de l'âme qu'on la priera de continuer. L'homme aura beau avoir mille soucis, elle les lui fera ainsi oublier en enlevant de son cœur la rouille du chagrin et alors il ne pourra s'empêcher de lui dire :

POÉSIE

« Parle, mignonne, il n'est ici d'autre étranger que la bougie qui nous éclaire et, pour que nous soyons plus tranquilles encore, je vais, si tu le veux, lui couper la langue! [1] *»*

Hélas! tout ce que je dis là ne profitera guère aux femmes,— aussi — n'est-ce que par acquit de conscience que je l'écris. Ce n'est pas dans un livre que l'on peut expliquer et faire comprendre des questions aussi délicates. C'est à la femme qu'il appartient de rechercher et de faire vivre en elle-même toutes ces qualités, de s'efforcer d'acquérir les vertus dont j'ai fait plus haut l'éloge. Quelle ne se dise pas : « Eh! mon Dieu! telle est ma nature, j'ai mau-

1. Couper la langue à une bougie signifie en persan *l'éteindre.*

vais caractère et mauvaise langue, je le sais bien. Est-ce ma faute à moi si ma voix est forte au point de ne pouvoir être modérée C'est? Dieu qui m'a créé ainsi, cherches-en donc si tu veux une meilleure » Voici, Madame, ce que j'ai l'honneur de répondre à ce raisonnement.

POÉSIE

« Tout ce qu'il est de mon devoir de te dire, je te le dis ; à toi de m'écouter, de persévérer dans la voie que tu as choisie ou de te corriger. »

Votre raisonnement, madame, est le comble de la sottise et de la folie, car en ce monde toute chose demande un apprentissage. Lorsqu'on n'est pas un parfait ignorant et qu'on a vu ses propres défauts, on en comprend aussitôt toute la laideur et l'on cherche à s'en corriger.

Souvenez-vous qu'au moyen de l'alchimie [1] l'amertume peut se changer en douceur et le cuivre en or. Je viens, pour ma part, de vous enseigner l'Alchimie de la bonne conduite...

---

1. Cette science absurde, si en faveur chez nous au moyen âge, est encore assez répandue en Perse. Les gens qui passent pour instruits ignorent pour la plupart la chimie et se livrent avec ardeur à la recherche de la pierre philosophale.

Que celles qui ont de la bonne volonté
profitent de mes leçons afin de devenir
pareilles à l'or pur. Pour celles qui refu-
seraient de m'écouter, c'est leur affaire;
elles savent sans doute ce qu'elles cher-
chent et je n'ai point à m'en mêler.

CHAPITRE IV

PAS DE BOUDERIES!

Autant que possible la femme fera bien de prendre les choses, bonnes ou mauvaises, par leur bon côté et surtout, quoiqu'il arrive, de ne jamais bouder.

J'ai entendu raconter qu'une vieille femme sur le point de partir [1] (puisse Dieu l'avoir prise en pitié car son testament avait vraiment du bon!) exprima ainsi à sa fille ses dernières volontés : « Mon enfant, promets-moi de ne jamais bouder à ton mari à propos de ces deux choses : la table et le lit. Si tu refuses de manger, tu bouderas surtout contre ton ventre, ce qui est fâcheux; et si tu t'obstines à refuser les couvertures, tu pren-

---

1. *Partir* en persan signifie aussi *mourir* comme nous disons en français partir. . . pour l'autre monde.

dras froid, ce qui est bien plus fâcheux encore. » Sans trop m'appuyer sur ce plaisant testament, il est certain qu'à la longue les bouderies engendrent la discorde. La femme agira donc sagement en se gardant avec soin d'avoir la mine renfrognée.

POÉSIE

« Il vaut mieux être retenu dans la prison du juge que libre chez soi devant des sourcils froncés ! »

Un langage doux et gai, un visage riant et joyeux, voilà ce qui convient aux belles. Dieu nous préserve de ces créatures insupportables qui bougonnent sans cesse et s'asseyent avec ennui, comme le ferait une veuve pleurant son deuil. Avec leurs mines plus aigres que le vinaigre, leurs perpétuels soupirs plus forts que l'ail, leurs bras toujours sous le menton, c'est à croire qu'elles ont perdu un être des plus chers, que leur bateau à vapeur [1] a sombré ou bien encore que du matin au soir elles ont peiné à outrance pour gagner le pain de leur mari.

Qu'est-ce donc, ma chère, et que vous est-il advenu, grand Dieu ! pour vous

1. Cette bizarre comparaison s'explique dans un pays comme la Perse où un bateau à vapeur est considéré par le peuple comme une merveille des plus rares.

surexciter aïnsi ? Votre beauté égalât-elle celle du clair de lune, vos mérites fussent-ils incomparables, un moribond qui vous verrait en pareil état ne voudrait pas même accepter de vos mains l'eau de la vie [1]. Que peut-il en effet, sortir de bon d'une pareille humeur ?

N'oubliez donc point, malheureuses, que ces pauvres maris, ont eu tous — chacun suivant sa condition — à subir bien des peines durant la journée. C'est pour l'amour de vous que dans la lutte pour la vie, ils ont fait tout ce qui est permis et même parfois ce qui ne l'est pas. Lorsque le soir arrive ils ont bien le droit, après tant d'épreuves, de trouver un intérieur tranquille où ils puissent oublier un instant les fatigues et les soucis qui doivent recommencer dès le lendemain matin. Quelle calamité, pour un pauvre mari, qui, à peine rentré au logis, s'y voit accueilli par ces moues et ces scènes, que les femmes de notre époque ont mises à la mode !

POÉSIE

« Prenez garde, prenez bien garde de tomber sur une mauvaise compagne, et que Dieu vous épargne les tourments de cet enfer ! »

1. Allusion à l'eau de la fabuleuse fontaine de jouvence à laquelle on attribuait la vertu de ressusciter ou de rajeunir.

CHAPITRE V

DE LA FAÇON DE MARCHER ET DE SE CONDUIRE
EN SOCIÉTÉ

Une marche trop précipitée ne convient pas à la femme. De petits pas gracieux rendront, au contraire son allure tout à fait attrayante, surtout si elle a soin de tenir la tête droite pour ne pas paraître courbée.

POÉSIE

« *Partout où tu vas, tu es suivie par la flamme des soupirs de mon cœur et n'importe où je regarde c'est l'éclat de ton brillant visage que j'aperçois.* »

Seules les « amantes de la rue » tournent la tête et remuent les hanches ; mais une femme honnête prêtera grande attention à ses mouvements et s'efforcera de

conserver un maintien noble et séduisant.
Alors on dira d'elle.

HÉMISTICHE

« *Qui donc vient de passer en me ravissant
l'âme.* »

Ce n'est pas une grande dame qui agitera démesurément les bras, elle ne les gardera pas non plus collés comme des bâtons. Croyez-vous plus nécessaire qu'elle remue « certaine » partie du corps comme une pierre à moulin ? Ce mouvement n'est gracieux que lorsqu'il se produit naturellement par l'effet d'une élégante démarche. Une allure trop vive, un mouvement exagéré des hanches, signalent des beautés en quête d'une bonne fortune passagère, la grâce et le bon goût n'ont rien de commun avec ce manège.
Il faudrait que l'on put toujours appliquer à la femme cette *poésie :*

« *Lorsqu'elle s'asseoit son brillant visage ressemble à la lune rayonnante de clarté, lorsquelle se lève, sa taille élancée la rend pareille à un cyprès qui se dresse dans l'air de toute sa hauteur. J'ai déjà perdu mon cœur n'est-ce pas assez ? Et faut-il encore que ma raison s'égare à la vue de tant de charmes ?* »

Celle qui mettrait en pratique les conseils que je donne ici deviendrait bientôt l'objet de l'admiration et des louanges de tous.

Quand elle n'est pas seule, qu'une femme se garde avec soin de tout ce qui peut devenir une cause de dégoût pour les cœurs. Ainsi, l'habitude de se moucher avec les doigts [1] ou de se curer le nez doit être laissée aux vieilles. Quant à celles qui sont encore en âge de plaire pourquoi ne garderaient-elles pas toujours sous la main un petit mouchoir qui puissse leur permettre de maintenir en parfait état de propreté et leur nez et leurs yeux. Qu'elles toussent ou qu'elles éternuent, ce mouchoir ne leur sera pas moins utile. Elles n'auront qu'à le porter à la bouche et éviteront ainsi à leur infortuné mari le désagrément d'être parfois aspergé par des liquides qui ne rappellent que de fort loin l'eau de rose. Quel profond dégoût ne ressentiraient-ils pas, les malheureux qui se trouveraient arrosés de la sorte.

Au moment de se rapprocher de son époux, la femme fera bien de ne pas se jeter brutalement sur lui en soulevant des tourbillons de poussière. C'est avec grâce et gentillesse qu'elle doit s'asseoir à son côté, pour mériter des compliments dans

---

1. Ces recommandations, si puériles qu'elles puissent paraître à des européens, ne sont pas inutiles à l'adresse des femmes persanes.

ce goût-ci : « Des pieds à la tête, qu'elle
charmante créature tu fais, ô ma chère
âme, et quel Divin ouvrier que ce Dieu
qui a su tirer du néant une telle perfection ! jusqu'à ce jour je n'avais pas encore
vu en ce monde une pareille merveille :
le Soleil se posant sur un cyprès mobile !
Tes qualités sont si grandes qu'aucune
langue ne saurait les dire et ta beauté est
si parfaite qu'aucune plume ne pourrait
la décrire ! » Pour qu'on lui adresse de
pareils compliments il faut que la femme
ait le sérieux désir de les mériter. Quand
elle se met aux côtés de son mari quelle
se garde bien de prendre toute la place
mais qu'elle s'agenouille à une petite distance de lui. Si cette position finit par la
fatiguer, elle n'a qu'à se lever, à se pro-
mener un peu, à aller s'allonger ailleurs
un moment afin de chasser la fatigue. Ce
qu'elle ne doit faire sous aucun prétexte,
c'est de s'entortiller dans son « tcha-
dour » [1] et de se mettre à ronfler ou bien
encore de s'accroupir en prenant ses genoux dans les bras comme ferait une
veuve inconsolable. Qu'elle soit au contraire toujours gaie et souriante, que sa
main presse de temps à autre tendrement
celle de son mari, pour que la sienne à
lui, vienne bientôt caresser amoureuse-

____

1. Sorte de grand manteau en étoffe légère qui
part de la tête et arrive jusqu'aux pieds.

ment sa taille ; alors on pourra dire avec cette :

POÉSIE

« Tantôt c'est l'amant qui se grise à la vue de ses yeux énivrants, tantôt c'est la belle qui livre ses tresses de cheveux aux mains de l'amoureux ! »

Il suffira souvent d'un verbiage agréable pour distraire et occuper l'homme si ce dernier passe dans ces conditions la nuit entière avec une compagne, il ne ressentira alors ni ennui ni fatigue et le désir restera chez lui plus violent encore, si c'est possible. La femme doit avoir soin d'être toujours attentive aux paroles de son mari et de ne l'interrompre jamais ; si elle veut s'asseoir auprès de lui, elle se mettra à ses côtés et non pas vis-à-vis, car comme le dit cette :

POÉSIE

« Le vrai bonheur c'est d'avoir sa bien-aimée près, tout près de soi et non pas en face ! »

Pour se lever qu'elle ne s'aide pas des mains, comme le ferait une femme enceinte, mais qu'elle se relève avec grâce et affabilité afin qu'on puisse lui appliquer cette Poésie :

« Lorsqu'elle s'assied l'effervescence se

*calme et lorsqu'elle se lève mille feux s'allu-
ment dans les cœurs ! »*

Qu'elle ait soin encore de ne pas se
placer trop près de la cheminée afin de ne
pas rôtir ou enfumer son visage. Quant
au chauffage des appartements, je lui con-
seillerai encore moins de faire usage du
« Koursoi »[1] qui rend les chairs jaunes
et flasques. Qu'elle se garde aussi d'imiter
l'exemple des vieilles femmes qui s'asseyent en plein soleil et restent là, tristes
et pensives, des heures entières comme si
elles avaient perdu cent mille parents
chéris.

En ce qui concerne le fard, j'engage
mes lectrices, à user modérément de l'an-
timoine et à ne mettre que très peu de
rouge afin de conserver une couleur naturelle. Elles sont trop nombreuses, celles
qui se fardent terriblement les joues, les
lèvres, les yeux et le nez même et qui
s'imaginent que leur visage ressemble
ainsi à un bouquet de roses, tandis qu'en
vérité, il rappelle tout à fait le derrière
d'un singe.

Les Européennes usent fort peu des
fards et elles ont bien raison, car ce qui a
été créé par Dieu sera toujours mieux que

1. Sorte de « brasero » au-dessus duquel est
étendu une grande couverture que l'on soulève
sur soi pour se chauffer.

ce que nous pourrons faire nous-mêmes.
J'entends d'ici nos femmes me répondre :
S'il en est ainsi, d'où vient que l'on fabrique tant de poudre de riz en Europe et
pourquoi en exporte-t-on de si grandes
quantités en Perse ? Je répondrai à cette
question en leur apprenant que ces produits sont fabriqués d'abord en vue du
gain et ensuite pour l'usage des femmes
fanées d'Iram et des vieilles coquettes
d'Europe. La femme qui est jeune et à
qui Dieu a donné la moindre beauté n'a
pas besoin de fard et de poudre de riz et
si elle est vieille et laide, ce n'est pas en
s'en servant qu'elle deviendra jeune et
belle.

POÉSIE

*« A quoi sert à l'aveugle de noircir ses sourcils ? Celle a qui Dieu a donné la beauté peut
se passer de coiffeuse ! [1] »*

J'admets que, pour les femmes aux
pâles couleurs, un peu de fard ne gâte
rien, mais encore faut-il qu'il imite simplement les couleurs naturelles ; que
trouvez-vous de beau à un nez ou à des
yeux absolument rouges ? Lorsqu'on se
sert de fard, il faut que l'on ne puisse dis-

---

1. A proprement parler, il n'existe pas de
coiffeuse en Perse, mais certaines femmes font
métier d'appliquer le fard et d'orner les visages
dans le goût persan.

tinguer si les couleurs sont dues à la nature ou au parfumeur. Avez-vous de
beaux et grands sourcils bruns, gardez-
vous d'y toucher. Sont-ils par malheur
peu fournis et de vilaine couleur, conten-
tez-vous de les noircir et de les agrandir
légèrement. Ne vous laissez pas croître le
duvet du front en disant : « une telle en
a bien autant, » ne l'arrachez pas non
plus tous les huit jours, il suffira de faire
cette opération tous les deux mois.

POÉSIE

*« Ce que je veux, c'est un cœur qui ait été
brisé et mis en morceaux par le chagrin de
la séparation, car ce cœur-là seul, pourra
comprendre ce que fait souffrir le désir que
j'éprouve. Mes plaintes pourraient bien donner une idée de cette douleur, mais les yeux
refusent de voir et les oreilles ne veulent pas
entendre ! »*

CHAPITRE VI

COMMENT IL FAUT MANGER

A table [1] une femme bien élevée se tient sur les deux genoux, montre un visage souriant, ne babille pas trop. Bons ou mauvais, elle mange de tous les plats avec plaisir, elle a toujours soin de ne prendre que de petites bouchées en les portant à la bouche gentiment et du bout des doigts [2]. Elle n'avale pas de trop gros morceaux, ne les mâche pas avec précipitation afin que rien ne sorte de sa bouche

1. Les Persans ne se servent ordinairement pas de table. Ils prennent leur repas sur une sorte de nappe qu'ils étendent par terre et autour de laquelle ils s'asseyent en se tenant sur les genoux.

2. L'usage des fourchettes est très peu répandu en Perse et presque tous les Persans (pour ne pas dire *tous*) mangent avec les doigts.

trop pleine et qu'elle ne soit forcée de respirer par le nez.

Quoi de plus vilain qu'un bruit de mâchoires qui s'entend à plusieurs kilomètres à la ronde? « Mastiquez » donc lentement et sans bruit, ne vous mettez sous la dent que de petites bouchées bien propres. Evitez les mets indigestes ou qui laissent de vilaines odeurs afin qu'on ne soit pas exposé à entendre une femme rôter perpétuellement. Rôter n'est pas joli, mais ce qui est bien pis c'est lorsque l'odeur oblige vos voisins à se demander si ces bruits proviennent d'en haut ou... d'en bas! A table, laissez de côté la mauvaise humeur; si les plats sont manqués, ce n'est pas dans une minute qu'on pourra les recuire et mieux vaut ne récriminer sur ce sujet qu'après le repas. J'ai vu et connu certaines femmes qui, au contraire, réservaient toute leur mauvaise humeur et leur bile pour le moment des repas. L'homme se plaint-il de la mauvaise cuisine, à la femme de dissiper ces mauvaises dispositions par de bonnes paroles. Ces quelques malheureuses bouchées qu'il nous faut avaler pour vivre se digéreront ainsi beaucoup plus tranquillement que si notre compagne se met à frapper impatiemment les bols contre les carafes et les carafes contre les bols. Qui de nous, hélas! n'a pas assisté à une de ces scènes féminines à table? Ici c'est une femme

qui casse un plat, qui jette le pain par
terre ou qui déchire la nappe en s'écriant :
« Faites venir la servante, appelez l'in-
tendante et que les « ferrachs » [1] préparent les bâtons pour rosser toute la do-
mesticité. Là, c'est une mère qui passe sa
colère sur la tête de ses pauvres enfants
en leur disant à propos de rien : « Mais
tiens-toi donc comme il faut et mange un
peu plus proprement ! » Ailleurs, c'est une
maman qui agonise de sottises un pauvre
innocent de trois ou quatre ans parce
qu'il a demandé quelque chose à table :
« affreux glouton, va ! » Puisses-tu crever
bientôt d'une maladie honteuse lui dira-t-
ellé. Elle ajoute tant de sottises à cette
affreuse malédiction que le pauvre petit
se lève et quitte la table tout en pleurs.
Le malheureux mari, obligé de subir de
telles scènes sent les bouchées qui lui
restent dans le gosier et récite aussitôt
l'Ayet-El. Kourssi [2] en demandant mille
fois à Dieu la grâce de mourir. Il pense,
en effet, (et avec raison) que manger du
pain d'orge et même mourir de faim vaut

1. Dans toute bonne maison persane, il y a
des *Ferrachs*. Ce sont des domestiques chargés
de besognes fort diverses et auxquels incombe
le soin d'administrer les bastonnades.

2. Verset du Coran que les Musulmans réci-
tent lorsqu'ils craignent un danger ou veulent se
mettre à l'abri d'un malheur.

mieux que de s'asseoir à une table semblable à la sienne.

POÉSIE

« *Dieu vous garde de prendre vos repas en face de convives irascibles.* »

Eh! mon Dieu! est-il donc si pénible pour une femme de s'asseoir gaiement à la table de famille? Lui est-il donc impossible de manger en paix, de se lever tranquillement en remerciant Dieu de la nourriture qu'elle a pu prendre?

POÉSIE

« *Rendre grâces à Dieu ne peut qu'encourager ses bienfaits, l'ingratitude, au contraire, éloignera de vous les faveurs célestes !* »

Je ne connais rien de plus terrible que la mauvaise humeur d'une femme qui éclate à table. Elle ne serait pas moins détestable d'ailleurs chez les hommes mais comme mon livre a pour sujet le sexe féminin, c'est surtout à lui que toutes ces observations s'adressent. Je ne saurais trop le répéter ; des repas troublés par des querelles continues, sont plus impurs encore que le sang des chiens. [1]

---

1. On sait que pour tout bon Musulman, le chien est un animal impur.

Quant aux malheureux exposés de près ou de loin à ces calamités, il boivent l'amertume à pleine coupe. Quand au milieu d'un repas la femme est hors d'elle, quand le cuisinier tremble de peur, quand le mari lui-même n'a plus que l'idée de s'enfuir, dites-le moi, je vous en prie, la nourriture peut-elle se digérer et profiter ? Hé non ! c'est tout à fait impossible ; un mal sans remède, ou un poison violent vaut encore mieux qu'un pareil repas. Même dans les meilleures familles, il n'est pas rare de rencontrer des femmes, qui, par suite de leur mauvais caractère, restent parfois trois ou quatre jours sans mettre la main à un plat et se contentent d'un peu de pain accompagné de fromage. D'autres préfèrent souffrir la faim et même ne manger rien du tout pendant plusieurs jours.

Eh ! mes toutes belles, au lieu de vous fâcher ainsi et de rendre la vie impossible à vos maris ne feriez-vous pas mieux de manger à votre faim ? Il me semble que cela serait beaucoup plus sage et vous serait aussi plus profitable.

POÉSIE

« Ma belle, si tu tiens à faire preuve de qualités brillantes, tu feras souvent bien de fermer tes lèvres, afin de ne pas laisser échapper parfois de vilaines paroles ! »

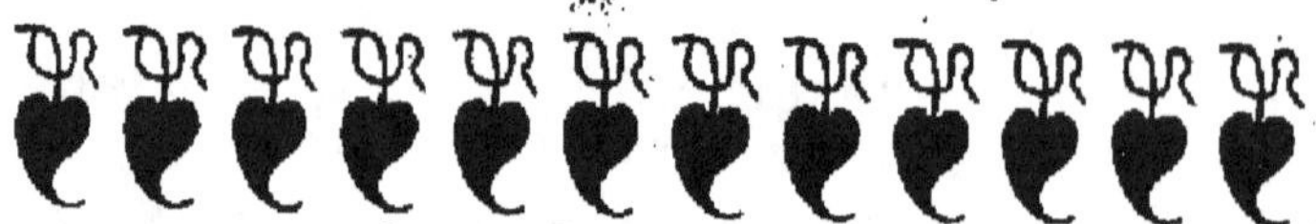

CHAPITRE VII

DE LA PROPRETÉ DU CORPS ET DE L'EMPLOI DE CERTAINS PARFUMS

Rien d'inconvenant pour une femme, comme de faire usage de corps gras, pour sa tête, ses mains, sa figure. Ressembler à une cuisinière sentant le graillon, ne me semble pas constituer un agrément. Quand bien même on fabriquerait des cosmétiques qui renfermeraient mille batmans [1] d'eau de rose, il seraient toujours gras et par cette raison toujours sales. Les inconvénients de leur composition, où la graisse entre toujours pour une large part, ne peuvent manquer de frapper celles qui les emploient. La graisse, la cire, l'huile, tout cela était bon autrefois pour les vieilles femmes des temps passés qui

1. Le batman vaut environ 3 kilos.

croyaient que l'emploi de ses matières était agréable et utile, mais, si nos femmes actuelles ont le désir de plaire, elles s'en abstiendront avec soin. Qu'elles n'ajoutent donc pas foi aux discours des personnes qui leur recommanderont telle ou telle huile pour développer la chevelure. Jamais huile n'eut le pouvoir d'augmenter le nombre des cheveux, tout au plus peut-elle aider à leur croissance et améliorer leur qualité.

Quant à la façon de se coiffer, toute femme qui aura tant soit peu de bon sens, comprendra facilement que si l'on a des cheveux peu fournis, il est ridicule de les porter très longs. Des cheveux clair semés et longs, ressemblent en effet, à la queue d'un cheval. Les tresses longues et bien fournies sont seules agréables ; quoi d'aussi vilain que deux tresses minces pendant lamentablement d'un côté et de l'autre ! Celle qui ne possède pas une belle chevelure ne ferait elle pas mieux de porter les cheveux courts et bouclés ? Rien n'encadre mieux un visage, et à chacune de ces folles boucles vient se prendre un cœur. Comme l'a dit un poète :

POÉSIE

« Ne laisse pas échapper tes boucles de cheveux afin qu'elles ne se brouillent pas entre elles, ta beauté est déjà si grande que cette

brouille pourrait bien aussi se répandre dans le monde ! »

Passons aux parfums : Je n'en médirai pas, je les trouve agréables et parfaitement à leur place chez la femme. Qu'elle ne craigne donc pas d'en user sur elle et même sur ses vêtements, en se servant d'une odeur agréable et énivrante. De tous les artifices de la toilette, aucun n'est plus propre à exciter et à augmenter le désir ou l'amour. Il ne faut pourtant pas en abuser, ni imiter les femmes arabes qui gardent le musc sur elles à l'état pur, ce qui finit par entêter et donner la migraine. Selon moi, un des meilleurs parfums c'est l'essence de roses, et le meilleur de tous l'*Athre fitné* [1] qui, en vérité, est bien nommé et porte en effet le trouble dans les sens. Aucune autre odeur ne produit un aussi grand plaisir. Quant à l'eau de roses, quoiqu'elle ne vaille pas l'essence tirée de cette fleur et qu'elle ne soit pour ainsi dire, qu'une imitation, l'usage n'en est pas mauvais non plus. Au reste tout parfum est agréable pourvu que l'odorat n'ait pas à en souffrir, autrement il vaut mieux s'en passer.

Appliquer du hénnéh [2] à la tête n'est

---

1. Athre fitné. Essence qui jette le trouble, nom persan d'un parfum du narcisse.

2. C'est avec la poudre fine des feuilles sèches

pas une mauvaise habitude, l'odeur de cette teinture n'a d'ailleurs rien de désagréable, mais je trouve détestable l'usage de se teindre les mains, car au bout de deux jours la teinture de hénnéh prend une couleur sale et rend les mains rugueuses. D'aucuns aiment à . avoir les ongles et le bout des doigts rouges, d'autres, au contraire préfèrent leur laisser la couleur naturelle. Tous les goûts sont dans la nature.

Il en est autrement pour la femme; à elle d'étudier les goûts de son mari et de s'y conformer toujours. Pour moi, je pense qu'il n'y a rien de plus joli que des mains et des pieds blancs, et il faut croire que c'est aussi l'avis de Dieu, autrement il nous eut créés avec des mains rouges. Il est difficile d'imaginer une plus belle couleur que celle que le créateur a donnée au genre humain et en particulier aux bras et aux mollets.

POÉSIE

« *Lorsqu'une capt ivante idole laisse entre-*

de cette plante que les Persans se colorent les cheveux, la barbe et les ongles des mains et des pieds en rouge-orange.

Lorsqu'ils veulent donner à leurs cheveux ou à leur barbe une couleur d'un beau noir, ils passent sur le hénnéh une seconde teinture végétale nommée, *Rénk.*

*voir son bras ou sa jambe, je sens aussitôt la
puce du désir qui me pique! »*

Cette main que Dieu a créée en lui
donnant une forme si gracieuse et une
couleur si belle, il faut en avoir le plus
grand soin. Qu'elle soit donc toujours
propre et lavée à l'eau et au savon au
moins une fois par jour et qu'on n'emploie
pour cet usage que du savon fin et par-
fumé. Ne touchez jamais rien mes chères
amies, qui puissent noircir vos menottes,
qu'elles n'aient jamais un grain de poussière sur elles et qu'elles soient toujours
bien tenues afin qu'on puisse à tout moment y déposer un baiser. Portez sans cesse
des gants de soie, [1] car une main sale et
grasse ne peut qu'inspirer le dégoût aux
cœurs. Au contraire, si elle est blanche et
bien entretenue chacun souhaitera qu'elle
lui présente quelque chose à manger pour
le prendre et le croquer avec empresse-
ment.

POÉSIE

*« L'échanson qui, d'une main propre et co-
quette, verse le vin dans les verres, ne donne-
t-il pas envie de boire même au plus saint des
hommes! [2] »*

1. La religion, en Perse, prescrit l'usage des
gants de peau qu'elle tient pour impurs.
2. On sait que la religion musulmane interdit
l'usage du vin, ce qui n'empêche guère les
Orientaux d'apprécier le jus de la treille.

CHAPITRE VIII

DU VÊTEMENT

Une mise toujours propre et coquette est indispensable à la femme; c'est une grande faute que de se montrer aux yeux de l'homme revêtue de robes laides, sales ou vieilles. Il faut que sa toilette soit toujours aussi brillante que la queue d'un paon et il est nécesaire qu'elle en change, au moins, une fois par jour. Cette recommandation s'applique surtout aux vêtements de dessous, qu'il convient de changer plus souvent encore, afin que le linge n'exhale jamais la moindre odeur. A la rigueur, elle peut, l'hiver, porter son linge deux jours de suite mais, l'été c'est deux fois par jour qu'il faut le renouveler. Qu'elle ne se laisse pas guider par l'esprit d'imitation en raisonnant ainsi : Une

4

telle fait cela, je puis et dois donc en faire autant! Mon Dieu, oui! l'imitation n'est pas absolument interdite, mais encore faut-il qu'elle ait l'approbation du mari. Dans ce cas la femme peut prendre qui bon lui semblera pour modèle, mais si cet agrément lui fait défaut elle agira sagement en renonçant à l'envie de copier les autres. Dire : « Mme X... s'habille ou bien agit ainsi, sans qu'on trouve rien à redire à sa conduite, et par conséquent, je peux bien moi, faire comme elle. » C'est là un raisonnement absurde. Si Mme X... fait mal de se conduire de la sorte et se porte tort à elle-même, est-ce une raison pour se mettre, à son tour, dans le même cas? Est bien ce qui plait... au mari! Sans son approbation, toutes les louanges possibles ne sauraient faire qu'une chose soit bien et celle qui refusera d'appliquer ces principes devra renoncer à trouver l'amour dans son ménage.

Certaines sottes de ma connaissance obligent leur pauvre diable de mari à leur payer des robes de grand prix. Le malheureux finit par s'exécuter et puis il n'a pas même le plaisir (ne fût-ce qu'une fois) de voir sa femme faire honneur devant lui à ces toilettes. Le plus souvent elles restent, comme ornement, dans des armoires ou si elles sont exhibées par hasard, ce n'est que dans les grandes occasions, et seulement en cas d'invitations.[1] Eh! vilaines ingrates, parez-vous donc au moins une ou deux fois par un de ces beaux vêtements! Votre pauvre mari a eu assez de mal pour vous les procurer et c'est bien le moins que ses yeux en jouissent un peu. Son désir le plus cher n'est-il pas toujours que vous ayez ce qu'il y a de mieux au monde, et ne voudrait-il pas sans cesse vous voir posséder toutes les qualités physiques et morales, qui peuvent faire honneur à votre sexe? Vous le savez et vous n'ignorez pas non plus que s'il voit quelque chose de beau ou de bien il se dit aussitôt : « Puisse ma femme en avoir autant! »

Je reconnais sans peine que Dieu n'a pas créé tous les hommes avec les mêmes goûts et les mêmes caractères. Les uns, par exemple, aiment les vêtements courts, les autres au contraire, préfèrent les vêtements longs. C'est à la femme intelligente qu'il appartient d'étudier leur goût, de s'y conformer et même d'aller au devant de leurs idées en adoptant un costume qui flatte leurs préférences. Je connais bien des hommes qui, par faiblesse de caractère ou par pure galanterie, n'ont

---

1. Les femmes persanes ne pouvant se montrer devant des hommes, ne se rendent à une invitation que lorsque la fête doit avoir lieu dans un « Andérouw, » entre femmes.

en apparence ni volonté ni préférence. Ils ne se contentent pas d'approuver sans cesse leur épouse en disant : oui ma chère, oui ma très chère, mais encore ils feignent de s'extasier à leur moindre idée en poussant à tout propos, des Machallah [1] jusqu'au Ciel. Cela ne les empêche pas ensuite de prendre un peu de graine de rue [2] ou un petit morceau de l'attache de leur pantalon et de jeter ces objets dans le feu, dans le but d'éloigner d'eux le mauvais œil de leur compagne. Ils ne manquent pas non plus, en se conformant à cet usage de réciter quelques vers appropriés à la circonstance, comme par exemple cette

POÉSIE

« *Ou bien, ne te découvre pas la figure, afin de te préserver du mauvais œil, ou bien brûle de la graine de rue pour ton visage aussi brillant que le feu !* »

La plupart du temps la femme ne comprend pas que son mari ne joue toute cette comédie que par amour de la tran-

1. Mach'allah, terme d'admiration fort usité chez les Musulmans, et qu'on pourrait traduire par « Dieu que c'est bien ! »

2. La cendre de la graine de rue ou d'un morceau de vêtement, passe pour éloigner le mauvais œil, Il suffit d'en frotter légèrement la personne que l'on désire mettre à l'abri du mauvais sort,

quillité; sottement elle se gonfle d'orgueil et sourit de plaisir tout en se disant : « Je fais de lui ce que je veux grâce à ma beauté et à mes charmes. » Mais dès que la femme a tourné les talons, l'homme remercie Dieu d'avoir pu si bien se moquer d'elle et content d'être délivré de sa présence, lui décoche mille sarcasmes et se met à passer en revue ses défauts moraux et physiques. Ces perpétuelles approbations bruyantes sont donc sans valeur; ce qui est nécessaire, c'est le contentement du cœur et pour l'obtenir il ne faut pas mettre l'homme dans la nécessité de mentir ou de dissimuler.

Celui qui dirait : je ne vois pas la néccesssité de mentir en pareil cas, car moi, je n'ai pas peur des femmes! Celui-là serait ou un imbécile ou un *blagueur*. Pourquoi cela, me direz-vous? mon Dieu, c'est bien simple, D'abord, parce qu'un homme intelligent doit avoir peur d'une créature peu intelligente comme la femme. Ensuite parce qu'il ne doit jamais oublier que sa fortune, son honneur, ses enfants, son âme même tout cela est dans les mains de son épouse. On ne peut malheureusement pas changer de femme comme on changerait de chemise ou de caleçon: le plus souvent on est obligé de garder toute la vie la même compagne... Il vaut mieux par conséquent demander à Dieu de lui accorder un bon naturel,

car si elle est mauvaise, on se trouve pris
et toute la vie il faut souffrir et patienter.

POÉSIE

« *Oh Ka'ani,* [1] *ferme tes lèvres et ne laisse
pas échapper de paroles inutiles. Tous ces
discours sont le produit de ton imagination et
n'aboutissent à aucun résultat !* »

Et toi, oh Dieu des Musulmans, mets
donc enfin un peu d'ordre et de tranquillité dans les affaires des vrais croyants,
lesquelles en ont grand besoin. [2] Cela dit,
revenons-en à notre sujet.

La femme vraiment comme il faut, est
celle qui, sur une observation de son
mari, relative à sa toilette ou à tout autre
motif, s'efforcera de se corriger. Au lieu
de bouder en fronçant les sourcils et de
se tenir froide comme une statue elle doit
s'estimer heureuse que son époux ait ma-
nifesté son opinion. Si ce dernier lui dit,
par exemple : « Ma chère tes vêtements
sont vraiment par trop courts. » Elle fera
bien de n'avoir pas la sottise de se fâcher,
de jeter tout en l'air, et devra comprendre

1. Nom d'un poète persan moderne qui était
fort connu, et qui est mort, il y a une douzaine
d'années à Téhéran.

2. Cette invocation est en arabe dans le texte.
L'auteur s'est servi ici de la langue du Koran,
qui est la langue religieuse de tous les Musulmans, pour donner plus de force à sa prière.

qu'il est plus sage de garder le silence. Si elle se croit obligée de répondre, du moins ne le fera-t-elle pas grossièrement en répliquant : « Laisse-moi donc tranquille ! Tu m'ennuies à la fin ! Cherche, si ça te plaît, une femme qui me soit supérieure ! Quant à moi je suis ainsi faite. Mauvaise, dis-tu, c'est possible, mais c'est Dieu qui m'a créée telle que je suis et ce n'est pas toi qui pourra me changer ! » Elle dira tant et tant de sottises dans ce genre-là que le pauvre mari regrettera bien vite d'avoir [1] fait l'immense bêtise de présenter une humble observation. Il pensera alors en lui-même : « Combien il m'en coûte d'avoir voulu parler, j'ai voulu bien faire et le résultat est que

HÉMISTICHE

« Ce qui devait être amélioré, n'a fait qu'empirer ! »

« Pour avoir voulu redresser la coupe défectueuse des vêtements de ma femme je n'ai fait qu'abîmer mes propres affaires. » C'est ainsi qu'il se repentira, et que dans le but de dissiper la mauvaise humeur de sa femme il lui dira : « Allons,

---

1. Le texte dit : d'avoir *mangé des excréments*, cette expression *naturaliste* est très employée dans le langage vulgaire et signifie avoir commis une sottise ou une faute grossière.

ma chère, j'ai eu tort, tu ne m'as d'ailleurs pas bien compris, jamais je n'ai parlé de tes vêtements. » Après toutes ces excuses il se trouvera pris et toujours il sera obligé d'approuver les paroles de sa femme et d'imiter ses actes. Mais il aura beau dire et beau faire, cela ne suffira pas encore pour apaiser la colère de sa femme, et, bon gré mal gré, il sera forcé de remplir ses devoirs d'époux afin de la calmer et d'éteindre son feu et si le malheureux ne s'exécute pas sur le champ, alors il n'a d'autre ressource que de s'enfuir.

Ce qui, le plus souvent cause des malentendus dans un ménage, c'est qu'ordinairement la femme n'accepte jamais aucun reproche, même quand les reproches sont justes et mérités.

POÉSIE

« *Pour être heureux, il faut que deux amants ne fassent qu'un cœur comme deux amandes renfermées dans une même écorce!*»

Si la femme n'est pas sotte et porte quelque amitié à son mari, elle comprendra certainement que si parfois il lui adresse une observation c'est dans son intérêt à elle et par pure amitié.

POÉSIE

« *Tiens pour un véritable ami celui qui, à*

l'exemple du miroir te dira les défauts en face et non pas celui qui comme le peigne, se mettra derrière ta tête pour démêler cheveu par cheveu, toutes tes imperfections!»

Une femme intelligente va au-devant des désirs de son mari, et par cette sage conduite, elle assure la paix et le bonheur de son ménage. Deux êtres unis par les liens d'un amour réciproque sont à l'abri des vicissitudes de ce monde et c'est dans le bonheur qu'ils passent le court espace de temps qui constitue la vie humaine. La misère peut les frapper, ils trouveront dans leur amour une nouvelle richesse; grâce à lui, ils supporteront tout vaillamment et se contenteront pour vivre d'un peu de pain d'orge et d'une cruche en terre pleine d'eau.

Ne passons pas cette courte et malheureuse vie dans le chagrin et l'amertume et n'oublions pas ce que nous rappelle cette

POÉSIE

« Au banquet de la vie, il n'y a pas de vrai plaisir, j'ai bu bien souvent le vin qu'on y sert et jamais je n'y ai trouvé l'ivresse!»

Je comprends sans peine que, dans une union mal assortie, les époux n'aient qu'une seule et unique préoccupation, se débarrasser l'un de l'autre et cela par n'importe quel moyen. Mille inimitiés ne sont-elles pas, en effet, préférables à une telle intimité ?

Il est à remarquer que presque toujours, les malheurs de ménage sont causés par le manque d'intelligence de la femme. Pourtant, il serait bien facile à cet être imparfait de se servir de l'amour comme d'un aimant pour attirer à elle le cœur de son mari et le subjuguer entièrement en le tenant sans cesse sous le charme.

POÉSIE

« D'un coup d'œil la femme peut conquérir les cœurs de cent royaumes et elle ne doit s'en prendre qu'à elle si elle ne réussit pas à en subjuguer un seul ! »

Il est évident que, s'il a pour maîtresse une femme froide et indifférente, le pauvre amoureux en sera pour ses frais et ne connaîtra jamais l'ivresse de la passion.

L'amour est un sentiment des plus capricieux ; parfois il s'empare subitement d'un cœur et parfois aussi il n'y pénètre qu'à la longue. De même que les qualités de l'amante peuvent l'attirer, de même ses défauts peuvent le faire fuir. Ceux qui prétendent que l'amour peut être éternel et qu'ils sont sûrs de leur cœur, ceux-là disent tout simplement une bêtise. Voilà mon opinion et c'est celle d'un homme qui a vieilli dans l'amour.

[J'en jure par Dieu le glorieux, ceci est

la vérité : Si grand qu'ait été l'amour d'une femme pour son mari le jour où ce dernier répond à l'appel du Très-haut, son cadavre n'est pas encore sorti de la maison que déjà sa veuve pense à se remarier à un solide gaillard. Son chagrin est tout extérieur et au milieu de ses pleurs, elle passe en revue les hommes qui assistent à l'enterrement et cherche parmi eux celui qui a le cou le plus puissant et qui paraît devoir le mieux faire son affaire. Il faut bien l'avouer, celles qui agissent ainsi ce sont les femmes qui passent pour honnêtes et convenables : quant aux autres, c'est bien autre chose encore, et Dieu me garde d'oser parler de leur conduite en pareil cas⟩

On raconte que Dieu donna à Sa Sainteté Soleïman [1] (que le salut de Dieu soit avec lui) un enfant estropié qu'il eut de Belkisse [2] Par suite de cette infortune, le roi eut tant de chagrin que l'ange Gabriel lui apparut et lui dit : Oh ! prophète de Dieu, le Très-haut aura pitié de toi et guérira ton enfant à la condition que Belkisse, ton ministre Assaf, fils de

---

1. Les Musulmans placent le roi Salomon non pas précisément au nombre des prophètes, mais parmi les élus de Dieu.

2. Belkisse, n'est autre que la reine de Saba qui, d'après la légende, devint la femme de Salomon.

Berkhia, [1] et toi-même, tous trois vous consentiez à me faire connaître les plus secrètes pensées qui se trouvent au fond de votre cœur. » Tous trois alors se tournèrent dans la direction de la maison sainte [2] et Soleïman le premier, fit cette déclaration : Je le confesse à Dieu, si deux sujets de mon immense empire portent une contestation devant mon tribunal et que l'un des plaignants m'offre un présent (ne fût-ce qu'une pomme) même si le droit n'est pas de son côté, je suis tenté de lui donner raison afin qu'il se retire joyeux et content de moi ! »

Assaf, le Vizir, prit ensuite la parole en ces termes : » O Seigneur ! tu es témoin qu'en dépit de toute la puissance que je possède et de tout le pouvoir que j'exerce, je songe parfois à ne plus dépendre du Roi Soleïman et même à le remplacer. »

A son tour la Reine Belkisse fit l'aveu suivant : « Bien que je sois l'épouse d'un homme qui est le maître du monde et qui commande à la fois aux hommes et aux Djin, [3] quand je vois un jeune homme

1. D'après les traditions musulmanes ce ministre se serait rendu auprès de la Reine de Saba et l'aurait décidée à épouser le Roi Salomon.

2. Jérusalem, en arabe Beït-El-Mouquaddess, la maison sainte.

3. Les *Djin,* étaient considérés en Perse comme des génies bienfaisants, par opposé aux *Div.*

plus beau que Soleïman, la beauté et la jeunesse de cet inconnu portent le trouble dans mes sens et il me prend envie de devenir sa femme. »

Je n'ai lu cette légende nulle part et c'est seulement de la bouche des autres que je l'ai recueillie, mais en supposant qu'il soit vrai que Belkisse ait pu nourrir de pareilles pensées (elle qui était pourtant douée de si brillantes qualités et de si belles vertus) que pouvons-nous bien attendre de bon de la part de femmes ordinaires comme les nôtres?

On a raison de dire qu'aux yeux d'un amoureux les défauts passent pour des vertus. Il n'en est pas moins vrai que le bien reste le bien. Par conséquent l'on doit s'efforcer de toujours bien se conduire, afin que l'amour ne s'enfuie pas et jette comme un voile sur les défauts que l'on peut avoir. Une fois envolé, l'amour ne revient plus et alors le rideau, qui grâce à lui, cachait vos défauts se soulève entièrement.

POÉSIE

« *Prends garde d'effaroucher mon cœur, c'est un oiseau sauvage et s'il se sauve du toit qui abrite nos amours ce sera pour ne plus y revenir !* »

« *Qu'une épine entre dans le pied, à la rigueur on peut la retirer, mais que faire si c'est dans le cœur qu'elle pénètre !* »

Ne soyez pas trop fières de vos charmes, mes toutes belles, et sans prêter l'oreille aux propos flatteurs, aimez l'homme pour lui-même. Si vous ne suivez pas ces conseils, vous vous repentirez tôt ou tard, et en voyant que vous avez laissé écouler vos jours sans profit, vous regretterez, mais trop tard, de ne pas avoir agi plus sagement.

POÉSIE

« *Profite, jeune femme, de cette taille élancée comme les cyprès pour atteindre le but et n'attends pas que le temps ait fait un mail de ton corps!* [1] »

1. Allusion au jeu de mail dont le bâton est recourbé.

CHAPITRE IX

DU LIT ET DU SOMMEIL

Voici le plus important des chapitres que j'ai à écrire et tout ce que j''ai dit jusqu'ici, se rapporte sans exagération à cette grave question.

Dieu, dans sa miséeorde infinie, a créé la nuit afin que l'homme qui, durant la journée, s'agite et se démène tant, puisse prendre un repos indispensable. Quelle existence serait, en effet, la nôtre, s'il nous fallait passer la nuit dans les mêmes conditions que le jour.

POÉSIE

« *Le jour est fait pour s'instruire, pour travailler et non pas pour se livrer à la boisson.* [1] »

[1]. Comme nous l'avons déjà expliqué, quoique l'usage en soit interdit par le Coran, les Persans ne se privent pas de vin. Mais, en général, le

« Lorsque les affaires sont terminées et que la nuit a jeté un rideau épais sur le monde, c'est le moment de se reposer et de prendre alors un peu de ce vin dont l'éclat rappelle le soleil qui vient de disparaître ! »

Aux heures tranquilles de la nuit chacun peut se livrer à ses goûts personnels. C'est bien l'heure de la quiétude et des réunions intimes, alors seulement l'homme goûte mieux les plaisirs qui procurent en ce monde ces deux sources de joies que l'on nomme le lit et l'amour.

Il n'est pas de repos comparable à celui de la nuit. Prenez par exemple un homme qui passerait toutes ses nuits blanches et qui dormirait ensuite toute la journée. Ce sommeil si profond et si prolongé qu'il pût être, vaudrait-il une heure d'un bon somme de nuit ?

Certaines femmes croient s'assurer un capital d'amour en ne faisant qu'un seul et même lit avec leur mari, étrange erreur ! elles commettent là une grande faute.

respect humain les empêche de boire dans le jour, parce qu'ils craignent d'être trahis par l'odeur de leur haleine. Il faut ajouter que bien peu d'entre eux, sont connaisseurs en vins. Celui qu'ils apprécient, le plus, est celui qui produit le plus vite l'ivresse. C'est le cas de rappeler cette pensée que Musset a d'ailleurs empruntée aux Orientaux : « Qu'importe le flacon pourvu qu'on ait l'ivresse. »

On rencontre parfois des femmes qui, malgré l'âge avancé, songent encore à l'amour. Entraînées par leurs passions, elles se précipitent sur leur époux qu'elles voudraient pouvoir avaler comme le ferait un crocodile. Eh bien ! c'est certainement par la tête d'une de ces vieilles et laides créatures qu'a passé pour la première fois la malheureuse idée du lit à deux dont la force de la routine a ensuite, à la longue, généralisé l'usage.

Qu'une jeune mariée ne dorme pas aux côtés de son mari, on peut-être sûr que dès le matin, elle sera entourée par un tas de nettoyeuses de légumes. [1] Assises sur les genoux, la main sous le menton, en face les unes des autres, les voilà qui poussent des soupirs perçants et qui expriment des regrets brûlants sur la destinée malheureuse de la jeune épouse. « Que je meure pour ma fille s'écriera la mère ! Est-ce que mon gendre s'imagine, par hasard, qu'elle n'aurait pas trouvé chez ses parents la bouchée de pain qu'il daigne lui donner ? la pauvrette n'a vraiment pas de chance ; elle est donc née sous une bien mauvaise étoile pour qu'on la laisse ainsi dormir seule la nuit. »

Sottes récriminations qui finissent par

---

1. Nettoyer les légumes. Expression persane qui s'emploie pour désigner l'action de flatter à tout propos.

obliger le mari à ne plus jamais dormir seul ; c'est ainsi, hélas ! que l'on chasse l'amour que l'on voulait retenir. Des caractères peu compatibles peuvent, à la rigueur, se supporter une nuit car comme le dit cette

POÉSIE

« Une nuit de patience n'est pas la mer à boire, car une nuit n'est pas une année !

Mais, en revanche, c'est une grande faute que de vouloir dormir ensemble. Quand bien même ils égaleraient en amour Leïla et Medjnoun [1] les époux qui voudraient ne faire jamais qu'un lit, finiraient certainement par se répugner l'un à l'autre et verraient leur amour s'envoler. Telle est d'ailleurs en cette matière l'opinion des plus grands sages et des principaux philosophes ; l'opinion aussi de tous les gens intelligents doués de quelque expérience.

Des philosophes, raconte-t-on, se rendirent en consultation chez un docteur : « Nous nous intéressons beaucoup, lui dirent-ils, à un ami qui éprouve un fol amour pour une femme. Le malheureux a tout sacrifié à cet amour, il est en train de gâter à tout jamais son existence. Son

1. Couple célèbre par leur amour, dans les légendes orientales.

mal nous paraît sans remède, malgré tous
nos conseils et tous nos soins, d'heure en
heure sa passion ne fait qu'augmenter.
Que pourrions-nous donc bien faire? »
Le docteur répondit : « Tàchez que votre
amoureux ne fasse qu'un seul lit avec la
personne qu'il aime si éperdùment. Que
chaque nuit leurs souffles se confondent
en un seul et je vous garantis que vous
verrez bientôt cette folle passion se calmer et l'amour s'enfuir pour faire place à
la satiété et au dégoût. »

Cette ordonnance du docteur fut exactement suivie par nos amoureux, et des
deux côtés l'amour s'éteignit peu à peu.

Une des principales causes de l'aver-
sion, qui finit toujours par se produire en
pareil cas, c'est que les époux sont forcés
de respirer l'haleine l'un de l'autre. Au
reste, en dehors de cette raison fort sérieuse, il en existe bien d'autres encore.
Dieu n'ayant pas doué l'espèce humaine
d'une seule et même nature, des gens ma-
riés ne peuvent évidemment s'endormir
et se réveiller juste en même temps. D'au-
tré part, les tempéraments ont chance de
ne point se ressembler ; il en résulte fatalement que chacun se conduit d'une façon différente en cas de chaleur, de froid,
de santé, de maladie, etc. L'un des époux
par exemple, s'endort de suite, tandis que
l'autre grogne de rester dans le lit tout
éveillé : L'un ronfle, l'autre a un rhume

de cerveau qui ne lui permet pas de respirer ; l'un est matinal, l'autre aime à faire la grasse matinée ; l'un a froid, l'autre chaud ; l'un tousse, l'autre crache et ainsi de suite. Avec des habitudes si opposées, la communauté du lit devient un supplice et finit par produire des sentiments de répulsion.

Bien à plaindre les malheureux enchaînés à l'une de ces créatures vieilles, laides et hargneuses, véritables remèdes contre l'amour, qui sont ordinairement les plus exigeantes et les plus terribles des femelles. Elles ne se contentent pas en effet, de se cramponner à leur mari, de lui faire scènes sur scènes, d'exiger qu'il soit toujours prêt à satisfaire leur soif de volupté, mais par-dessus le marché, elles ont encore la prétention de faire de cet infortuné leur domestique, leur esclave même. Et notez bien qu'elles finissent toujours par avoir le dessus. La plupart du temps, par désir de la paix, le mari se résigne, ferme les yeux, et va les rejoindre chaque soir dans leur lit.

POÉSIE

« Quoique je sois aussi faible que la faible fourmi, je meurtris mes chairs et supporte quand même ton fardeau ! »

Mais il y a plus : Si une fois couché, l'homme s'avise de tourner le dos à ces furies, elles lui administrent aussitôt une douche de coups de poings dans les côtes ; elles le jettent non-seulement à bas du lit mais encore parfois hors de la maison. Que peut bien faire alors le pauvre diable qui se trouve dans la rue, surtout en hiver. Il ne sait où aller et l'oreille basse, il lui faut bien revenir baiser la main et le pied de sa femme. Si elle daigne lui pardonner (et elle daigne toujours) il est pris, et jusqu'au matin, le voilà obligé de remplir ses devoirs d'époux pour calmer les nerfs de Madame. En vain enrage-t-il, il n'y a qu'à s'exécuter, s'il tient tant soit peu à son repos et à son honneur.

Pour moi, je connais beaucoup de femmes mariées, qui sont loin de passer pour sottes, et qui, pourtant exigent le lit en commun. Malheur aux maris qui, en pareille conjoncture, auraient l'imprudence de laisser entendre qu'ils ne goûtent pas beaucoup cette « faveur, » il n'en faut pas davantage pour que ces dames entrent en fureur, en s'écriant « Quelle triste engeance vous faites, vous autres hommes ! Vous ne valez vraiment pas cher, tous tant que vous êtes ! Vos instincts sont si mauvais, vos goûts si dépravés, que vous ne vous plaisez que dans la société des femmes de mauvaise vie. Ah ! si tu avais affaire à une « rouleuse », celle-là, tu ne te ferais certes pas prier pour la garder dans tes bras du soir

au matin, mais avec nous, femmes honnêtes, Monsieur fait le prude. »

Eh! mesdames, voulez-vous savoir
pourquoi l'homme se plait, parfois, dans
la société de ces femmes que vous traitez
de « rouleuses » ? C'est parce qu'elles sont
plus obéissantes et plus soumises que
vous, mes toutes belles, ni plus ni moins.
« Rouleuses, » tant que vous voudrez;
mais au moins qu'on leur dise de s'asseoir,
et elles s'asseyent; qu'on les prie de s'en
aller et elles s'en vont, qualité qui a bien
son prix et ses avantages, à ce qu'il semble; sinon l'homme pourrait-il préférer
ces femmes de mauvaise compagnie à
vous autres qui êtes de bonne naissance
et souvent de la même famille que nous. [1]

Si vous vous contentez que votre mari
vous presse dans ses bras, sans éprouver
le moindre désir, si vous êtes satisfaites
pourvu qu'il feigne de vous aimer, à merveille! Il fermera les yeux et vous obéira.
Mais, si au contraire, c'est le véritable
amour que vous recherchez, si c'est du
fond du cœur que vous voulez être aimées;
laissez à d'autres ces discours inutiles et,
ne prêtez pas l'oreille aux commérages,

1: Les mariages entre parents sont très fré-
quents en Perse, souvent même ils sont, pour
ainsi dire, obligatoires. La loi religieuse interdit
seulement d'épouser sa propre sœur, sa tante
paternelle ou maternelle et sa nièce du côté de
frère ou de sœur.

refusez énergiquement de partager toujours la couche de votre époux, semblât-
il même y tenir beaucoup et vous le de-
mandât-il avec insistance. Lorqu'un mari
aime une femme qui est jolie, bien faite
et agréable, il semble au premier abord,
qu'il n'y ait pas grand inconvénient à ce
qu'elle ne fasse qu'un lit avec lui, surtout
s'il le désire ardemment; mais puisque
cette fâcheuse habitude finit fatalement
par tuer l'amour, la femme fera toujours
bien de coucher seule et de rester sourde
à ses prières. Au reste ce refus, croyez-
m'en, aura pour effet certain, d'augmenter
les désirs et l'amour. « Ce que l'homme
désire le plus c'est ce qu'on lui interdit, »
disent, avec raison, les Arabes. D'ailleurs,
étant donné que l'on est plongé dans le
sommeil, dormir seul ou en compagnie
la différence n'est pas bien grande, puisque durant cet état, on n'est pour ainsi
dire plus de ce monde.

C'est quand on ne dort pas qu'il est
agréable d'être réunis, car alors seulement on peut jouir de la présence de l'être
aimé.

Pour toutes ces raisons, je ne saurais
trop engager les femmes à avoir un lit à
part, placé si elles veulent près de celui
de leur mari. Je leur conseille aussi de
faire une toilette complète avant de se
coucher, et comme c'est une chose indispensable, je ne crois pas inutile d'en-

trer dans quelques détails à ce sujet.

A mon sens, une simple chemisette d'un tissu léger et transparent et un mignon jupon aux couleurs riantes remplaceront avec avantage le costume de la journée. Je ne raffole pas des vestes mais si les dames tiennent absolument à ce vêtement qu'elles aient au moins la précaution de les porter petites et légères et que les poches ne contiennent rien afin de ne pas rappeler le sac de cuir du Mollah Khothb [1] d'où sortaient tous les objets que l'on désirait. Qu'elles aient soin aussi de ne garder sur elles ni collier, ni épingles, ni aiguilles, ni rien enfin de semblable. L'usage du foulard en guise de coiffure me paraît fâcheux, j'aime encore mieux la petite calotte. Au reste pour la coiffure, le mieux est encore de se conformer aux goûts de l'homme, goûts qui, je l'ai déjà dit, diffèrent souvent. Pour moi, par exemple, je préfère les tresses qui ne sont pas trop longues. On est moins gêné la nuit, je trouve que celles qui possèdent une chevelure longue et abondante comme la queue d'un cheval doivent du moins veiller à leurs mouvements afin que leurs tresses ne s'accrochent pas partout à chaque instant.

En résumé, la femme ne doit se mettre

[1]. Nom d'un prestidigitateur renommé.

au lit qu'après s'être lavée, parfumée et embellie.

POÉSIE

« Si j'avais le bonheur de posséder une belle maîtresse, je saurais bien l'initier ! »

S'allonger sur le lit comme une masse n'est pas gracieux, couchez-vous délicatement et en sautillant comme ferait un oiseau léger.

S'il prend envie à l'homme d'aller vous trouver, faites-lui un gracieux accueil, s'il préfère vous appeler auprès de lui, allez-y également avec un plaisir visible. Dans tous les cas, montrez-vous toujours bien disposées pour votre mari ; causez, plaisantez agréablement avec lui, abstenez-vous de toute parole désagréable, conduisez-vous toujours en personne bien élevées. Il ne s'agit plus, à ces moments-là, de vous montrer réservées ni d'attendre les avances de l'homme.

HÉMISTICHE

« Un cœur passionné dans un corps languissant, voilà ce qui convient ! »

Une fois aux côtés de votre mari n'ayez pas de sots caprices ne faites pas entendre des récriminations inutiles, tenez-lui d'agréables conversations, évitez avec soin toute allusion à ce qui a pu se passer entre vous dans la journée. Au contraire, excitez ses sens par des propos vifs et enjoués, couvrez-le de baisers et faites-lui mille agaceries.

POÉSIE

« *Voici l'instant des tendres entretiens et des étreintes passionnées ; soyez toutes à l'amour et ne craignez pas d'être lestes non-seulement en propos mais encore en actions.* »

Le lit préfère l'impudeur à la pruderie et aux réserves excessives. Donc, Mesdames, ne vous imaginez pas qu'il n'est point de votre dignité de vous livrer toutes entières à l'amour, n'affectez pas la pruderie et laissez de côté les fausses pudeurs. Au reste, quand on a tant de dignité que cela on devrait commencer par renoncer au mariage et rester fille. En amour il faut être comme Leïla et Medjnoun [1] et non pas comme Bibi Khaloundjan Kohpayé [2].

POÉSIE

« *Je me crois la planète Mars qui domine*

1. Nous avons déjà expliqué que Leïla et Medjnoun sont des amants que leur amour a rendu célèbres.

2. Expression proverbiale pour parler d'une femme laide, vieille et désagréable.

la lune à laquelle tu ressembles et te prenant pour cet astre de la nuit, je me jette sur toi avec transport. Plus j'éternue, plus je veux respirer ton odeur, plus je te baise sur la bouche, plus j'ai envie du sucre de tes lèvres ! »

Mais l'aube venue, adieu ces scènes d'amour, oubliez-les. Silence absolu sur ce qui s'est passé la nuit. N'imitez pas l'habitude trop répandue chez les femmes de notre temps ; n'allez pas montrer à toutes vos amies les traces des baisers que vous avez reçus sur le cou ou la poitrine et après avoir raconté ce que vous avez dit ou fait la veille, ne vous écriez pas avec orgueil : Voyez, comme je suis heureuse et combien est enviable mon destin ! Que le diable vous emporte ! et votre heureux destin avec. Ce qui serait vraiment heureux ce serait que vous puissiez un peu retenir votre langue !

Elles sont malheureusement nombreuses, celles qui, à cet égard, ne font preuve ni de tact, ni d'éducation. Quelques-unes, non contentes de parler, écrivent encore à toutes leurs connaissances dans les différents quartiers de la ville pour les mettre au courant des dernières prouesses amoureuses de leur mari. D'autres s'en vont passer la journée au bain avec des amies ou des étrangères, et là, tout en dégustant des aubergines à la sauce piquante [1] elles racontent à qui veut les entendre leurs aventures de la veille.

Il est préférable, selon moi, de ne pas avoir de lampe dans la chambre à coucher; l'accès de cette pièce doit être sévèrement interdit aux suivantes et aux conteuses. Je pense aussi qu'à un certain moment la femme peut se déshabiller entièrement, car comme le dit cette

POÉSIE

« Entre toi et moi, il ne doit rester qu'une simple chemise et si elle nous gêne, je la mettrai en pièces aussitôt! »

Les jeux de l'amour produisent souvent une fatigue qui se traduit par un grand besoin de sommeil. A la femme de le comprendre, d'aller rejoindre son lit et de laisser le mari se reposer tout à son aise; s'il se réveille ensuite et qu'il l'appelle pour causer, qu'elle ne se fasse point prier, qu'elle ne s'écrie pas non plus : « Laisse-moi tranquille, suis-je une *sighé* [2] pour te distraire quand tu t'ennuies ou que tu ne peux dormir? » Nombre de

1. Plat très apprécié par les Persans et qui se mange généralement au bain où l'on passe toujours plusieurs heures, quelquefois même toute la journée.

2 *Sighé* : femme que l'on épouse pour un temps limité suivant les termes d'un contrat *ad hoc.*

femmes profitent de ces moments-là pour « prendre de grands airs. » « Je suis *agdéh* [1] et si tu tiens à ce que je reste l'amie que je dois être pour toi commence par me respecter. » Voilà ce qu'elles disent insolemment et Dieu sait pourtant s'il entre dans leurs habitudes de se montrer ordinairement si sévères. Aussi bien des hommes préfèrent-ils les plus ordinaires des *sighé* à ces grandes dames-là et la raison de cette préférence c'est que les premières sont plus simples et ne parlent pas en fières maîtresses comme le feraient des reines. Que ce soit dans un corridor ou dans un autre endroit encore moins confortable, elles sont toujours disposées à céder aux fantaisies amoureuses de leur ami et à lui obéir. Le lieu, l'heure, leur importent peu ; elles se contentent de dire en plaisantant : « Il me semble, mon cher, que l'endroit pourrait être mieux choisi. » C'est pourquoi Hadji djehan dar Misza [2] a surnommé les *sighé* « Mesdames de Toujoursprêtes. »

On a beau dire et beau faire, le rapprochement des époux, c'est le fond même de la question du mariage. Tout ce qui se dit, tout ce qui se fait et tout ce que j'écris ici moi-même a trait à cette grave question. En ce monde, c'est l'éternel

1. Agdéh : femme légitime.
2. Prince fils de Feth Ali Schâh.

sujet de toutes nos paroles, de toutes nos pensées, de toutes nos actions, de toutes nos luttes enfin !

Voici, par exemple, une noce; voyez avec quelle cérémonie on conduit la jeune fiancée à la maison de son époux; les tambours battent avec entrain, la musique fait entendre ses airs les plus gais et une foule énorme suit le défilé du brillant cortège. Pendant ce temps, quelques femmes se sont déjà rendues à la maison du fiancé, et là, cachées derrière la porte de la chambre nuptiale, elles attendent le moment où le fiancé, champion de l'amour, va prendre possession de la vierge. [1] S'il tarde à faire cette conquête c'est de leur part le sujet de mille plaisanteries et elles lui décochent tant de lazzi et de quolibets qu'elles finissent par changer en habits de deuil les vêtements du fiancé.

A l'époux qui laisserait passer plusieurs jours sans donner les épreuves de sa virilité, il ne servirait à rien de montrer ensuite le plus sincère amour et la plus grande galanterie pour sa femme. Tous ses efforts seraient dès lors en pure perte;

---

1. Les choses se passent, en effet, ainsi. Ce sont ordinairement les vieilles parentes du fiancé qui se chargent de cette surveillance sous prétexte de s'assurer que la jeune fille est bien vierge. On nomme « cingué » les femmes qui remplissent ces étranges fonctions.

en vain offrirait-il sa vie en sacrifice pour elle, qu'il ne parviendrait pas à se faire pardonner. La jeune épouse, encore sous le coup de l'injure, faite à sa beauté, lui répondrait toujours froidement : « Est-ce que tu te moques de moi ? »

L'acte du mariage une fois accompli il peut, au contraire, casser la tête à sa femme, elle prendra cet acte brutal pour une bonne plaisanterie, et supportera tout sans se plaindre. Au reste, si les choses se passent ainsi c'est bien plus la faute de la nature que celle de la femme.

La reproduction de l'espèce humaine dépend de cet acte et c'est un bienfait que Dieu ait fait de nous des créatures sensuelles; autrement, si nous n'éprouvions pas ces désirs charnels, comment la femme après avoir supporté les terribles inconvénients d'une première grossesse, s'exposerait-elle encore au désagrément de se voir de nouveau enceinte et comment ferions-nous, nous autres hommes, qui savons tout ce qu'il y a de dégoutant dans un accouchement pour aimer encore celle qui vient d'être mère ? Si l'on y réfléchit froidement, on est bien forcé de reconnaître qu'il n'est rien au fond d'aussi malpropre que le rapprochement des sexes. Pourtant, le plaisir en est si grand, qu'il n'est pas de peine que nous ne soyons prêts à supporter pour l'obtenir. On reconnaît en tout cela la main de

Dieu qui a fait ces prodiges pour la reproduction du genre humain, l'homme ne fait donc qu'obéir à sa destinée en voulant se rapprocher de la femme. Dieu soit loué qu'il en soit ainsi, car, quoique cet acte affaiblisse forcément l'amour, nous serions bien malheureux en ce monde, si nous étions privés de la possibilité de nous y livrer.

Bien qu'il perde beaucoup à être traduit en persan, c'est le cas de donner ici le sens d'un proverbe turc bien connu. « Ne lui donne, si tu veux, ni eau, ni pain, ni habit, mais surveille bien ta femme et fais ton possible pour la rendre heureuse « en amour »

Les devoirs d'un époux peuvent, il est vrai, être remplis dans deux conditions bien différentes. Dans la première, c'est un homme qui se trouvera prisonnier et esclave d'une femme laide, acariâtre et passionnée. Pour celui-là, il se verra condamné à tout supporter (même les coups de bâton!) et jour et nuit il devra être à la disposition de sa terrible compagne pour satisfaire ses ardeurs voluptueuses. Si, faute d'entrain, il s'y refuse, le malheureux aura tant de scènes à subir qu'il sera finalement forcé de songer à rompre sa chaîne en invoquant le divorce.

D'autres fois, au contraire, un ménage sera uni par les liens du plus grand amour et là, le mari piqué par l'aiguillon du désir, ne se fera pas prier pour remplir ses devoirs.

Dans un pareil moment, il n'est pas mauvais qu'une femme aimante ne se préoccupe pas trop du confort. Chez certaines grandes dames les exigences sont sans nombre en pareil cas, surtout si c'est pendant la journée que le mari réclame leurs caresses. D'abord elles n'entendent se livrer que dans un endroit consacré ; une fois là, elles veulent que la servante vienne pour étendre le lit, [1] porter des serviettes et fermer toutes les portes, alors seulement elles daignent se déshabiller. Préparatifs si longs que le plus souvent notre pauvre amoureux sent s'éteindre ses feux et tombe de sommeil. Ne poussons même pas les choses au pire ; admettons que tous deux puissent se livrer à l'amour, après une aussi longue attente, ils ne sauraient y trouver du plaisir. Il est donc bien, je le répète, que la femme ne prête pas une trop grande attention à tous ces minces détails. Combien ne vaut-il pas mieux être au contraire, toujours prête à contenter les amoureuses fantaisies de son mari, à répondre toujours *oui* à ses avances, qu'elles soient ou non pré-

---

1. Les Persans se couchent simplement sur des matelas que l'on étend sur les tapis le soir et que l'on retire dans la journée.

cédées de propos tendres et de jeux piquants. Agir autrement, c'est s'exposer à des repentirs tardifs. Dans ces occasions, ne ménagez, mesdames, ni les œillades, ni les petits mouvements gracieux, prodiguez au contraire, la coquetterie ainsi que tout ce qui peut exciter le désir. Il ne s'agit pas pour vous d'avoir honte, ce serait peine perdue, car plus vous vous montrerez coquettes et provocantes, plus l'amour vous paraîtra agréable et doux. Et après vous être ainsi livrées corps et âme aux baisers de vos maris, eh bien, mon Dieu! regagnez votre lit et reposez-y tranquillement!

Je le rappellerai au chapitre suivant, le matin, au moment du réveil et avant que son mari ne soit levé, la femme devra passer dans un autre appartement et laisser son époux entre les mains des domestiques sans se préoccuper de ce qu'il pourra faire. Ensuite, lorsqu'elle aura donné un nouvel éclat à sa figure par les soins d'une toilette complète, elle pourra sans inconvénient revenir auprès de lui.

POÉSIE

« Oh Saadi, en parlant trop on risque de gâter sa propre existence, c'est donc le moment de t'excuser d'avoir trop parlé! Puisse Dieu le Très-haut me pardonner! »

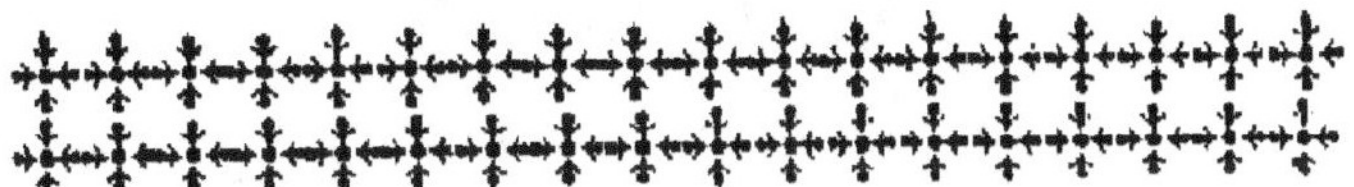

CHAPITRE X

Le matin, aussitôt levée, la femme fera sa prière et récitera le Koran sans consacrer, toutefois, trop de temps à ces devoirs religieux. Elle devra ensuite se peigner sans retard, se teindre les cils, se passer le collyre sur les yeux, se parfumer le visage, changer de vêtement et procéder enfin à tous les soins d'une toilette complète. La mine épanouie et souriante, elle pourra alors se présenter à son mari avec la grâce d'une perdrix qui se pavane ou la beauté d'une lune dans tout son éclat. Il me semble, Madame, que vous avez tout à gagner à ne pas vous montrer à lui les yeux souillés et entourés du noir de collyre, le visage barbouillé et taché par le fard fondu, les dents jaunes, l'haleine empoisonnant l'air à une lieue, les vêtements maculés et froissés! Comment pouvez-vous croire qu'il soit préférable de laisser la chambre tout en désordre et de venir vous asseoir, sale et repoussante, auprès de votre mari en baillant continuellement et en fumant calian [1] sur calian au point de transformer en nuit obscure sa brillante matinée? Vous pourrez, sans doute, le contraindre à supporter toutes ces avanies sans se plaindre à haute voix, mais, il n'en demandera pas moins tout bas grâce à Dieu, et mentalement il vomira du fond de l'âme, mille malédictions contre votre vilaine figure et vos mauvaises habitudes. Sa seule idée, soyez en sûre, sera de s'esquiver et de trouver un moyen pour arriver à se tirer des griffes d'une aussi infernale créature.

Et pourtant, pendant ce temps-là, n'est-ce pas trop souvent l'instant où la femme s'imagine avoir ressuscité son mari? Persuadée qu'elle a été bien inspirée en ne se séparant pas de lui une minute, elle attend toujours qu'il la presse dans ses bras et la couvre de baisers.

Vous avez, en vérité, Madame, de fort bonnes idées. Bravo! Ainsi d'après vous, c'est à lui de venir le matin, en guise de déjeûner, vous nettoyer en vous embrassant comme le ferait un chien de la rue!

---

1. Pipe à eau persane dans le genre du « Narguilleh » turc.

Hélas! hélas! pauvres femmes, vous ne comprendrez donc jamais rien? Ne voyez-vous pas que c'est prendre vous mêmes la hachette pour trancher vos pieds et vos mains! Le résultat le plus clair, c'est que vous irritez tellement vos maris qu'ensuite ni Mollah Gaffar ni Cheïkh Moassah [1], en dépit de toutes leurs sorcelleries, ne parviendraient pas à adoucir leur humeur.

Suivez plutôt mes conseils : levez-vous les premières pour allez faire votre toilette dans une autre pièce. Votre mari s'est-il, d'aventure, levé avant vous? Voilez, en ce cas, votre visage et quittez la chambre au lieu de vous écrier « Qu'importe! La belle affaire! Entre gens qui s'aiment, on ne s'arrête pas à si peu! »

Raisonnement bien dangereux. L'amour ne nous a point saisis au berceau ; il a germé à la longue, avec peine ; il a fallu pour le produire et le développer, les agréments extérieurs d'une femme. Si vous négligez ces agréments, le dégoût s'en suivra fatalement.

Défaites-vous donc d'habitudes qui mécontentent l'homme ; lavez-vous les dents en vous levant. « Bah! dira l'une, mes dents sont plus pures que le cristal et plus brillantes que la perle, le parfum de mon

1. Personnages anciens renommés pour leurs sorcelleries.

haleine dépasse celui de la rose. » Tant que vous voudrez ! Mais, hélas, chère Madame, si favorisé de la nature que soit votre tempérament, une mauvaise digestion, quelque autre indisposition ne peuvent-elles vous avoir attaquée la nuit ? Qu'il prenne fantaisie à votre pauvre mari d'embrasser vos lèvres, votre haleine sera alors assez forte pour détruire toutes les amours qu'il ressent pour vous si ardentes qu'elles soient.

J'en entends une autre qui riposte : « Après tout, il y en aurait bien davantage à dire de l'haleine de ma voisine. Cela n'empêche pas son mari de l'embrasser du soir au matin et du matin au soir. » Soit ! Mais mon intention, chère dame, en écrivant ces lignes, n'est pas de discuter et encore moins de me disputer. Mon but est meilleur : je cherche tout simplement à vous apprendre à vivre.

Tenez, n'est-il pas certain endroit où l'homme, bon gré mal gré, doit aller de temps en temps et y séjourner malgré la mauvaise odeur ; ce qui l'y attire n'est une occupation ni bien sérieuse ni bien idéale, mais, que voulez-vous, c'est une fréquentation forcée.

Eh bien, évitez qu'on en dise autant de la votre et que l'odeur de votre haleine ne suscite de désagréables comparaisons. Loin de là : qu'à votre approche l'homme se sente épris d'amour, qu'il soit tenté de vous respirer, de vous embrasser comme une fleur. Plus il pourra vous embrasser ainsi, plus son désir s'accroîtra ; et en s'accroissant, lui inspirera l'envie de recommencer indéfiniment.

Il en est encore qui, pour arrêter les propos de leur mari, n'hésitent pas à lui dire : « Je vois bien que tu ne m'aimes plus. Ah ! si tu m'aimais .

POÉSIE

« Une fleur offerte par la main désagréable d'un laideron ne vaut pas l'odeur de l'oignon sortant d'une bouche gracieuse. »

Voilà qui est bon à dire quand l'haleine est naturellement corrompue, en cas de maladie, ces tristes récriminations, ces excuses banales à propos de l'odeur de la bouche sont pires que le défaut lui-même. Et le pauvre mari contraint de tout endurer finit toujours par répliquer « oui, oui, tu as raison. »

Les femmes d'un pareil calibre auraient grand besoin d'être éduquées et corrigées. Dieu n'a pas, en les créant, fait leur bouche fétide ni leur visage déplaisant. Pourquoi donc s'efforcent-elles de paraître avoir naturellement de pareils défauts. C'est un des malheureux inconvénients de notre pauvre nature, qu'au réveil, le matin, le visage soit changé, l'haleine viciée; mais en se lavant, en se nettoyant avec le bois à dents, [1] en s'habillant, en se parant, ces désagréments passagers disparaissent. Il faut manquer de bon sens pour négliger des précautions aussi simples. Ce sont là des soins indispensables et qui s'en abstient n'a pas d'excuse, à moins que ce ne soit celle d'une incommensurable sottise, d'un manque d'intelligence complet. Celle qui ne le comprend pas, celle dont l'esprit est à ce point obtus, peut renoncer à devenir jamais une amante bien aimée; elle n'a qu'à aller de son côté.

Pour faire connaître ici tous les devoirs d'une femme, qui veut tenir son rang, il me faudrait des volumes. Cette courte brochure n'a donc pas la prétention d'embrasser un sujet aussi complexe. J'ai dû me restreindre, n'aborder qu'une partie infinitésimale de la question. Encore en ai-je assez dit pour m'attirer les injures de toutes les femmes qui me liront. Je m'y résigne sachant bien, comme le Prophète de Dieu l'a dit que « La franchise est amère! »

Même avec des gens intelligents, il est imprudent d'avoir son franc parler. Comment donc pourrait-on l'avoir sans danger avec des créatures douées à peine de

1. Les Persans se nettoient les dents au moyen de racines qui proviennent de la Mecque.

la moitié de l'intelligence de l'homme. Aussi je les entends d'ici s'écrier : « Va donc, petit benêt, tu n'as, paraît-il, rien à faire pour perdre ainsi ton temps à divaguer. Puisse Dieu te donner de meilleures inspirations et quand tu seras mieux inspiré... adresse toi ailleurs! Si tu as raison, si tu dis vrai, que n'écris-tu plutôt un livre sur les hommes! Que ne vas-tu porter tes conseils à tes propres femmes! »

Mais Dieu, je l'espère, finira par donner à ces malheureuses un peu de justice et de bon sens. Elles liront alors avec attention et profit ce petit ouvrage et régleront leur conduite d'après mes conseils; elles approuveront mes paroles et n'y trouveront plus rien à reprendre.

Si, dès l'enfance, quand les jeunes filles vont à l'école, on leur enseignait ce livre, en les exhortant à en suivre les préceptes, on leur préparerait une vie tranquille et heureuse et leurs parents n'auraient jamais de reproches à s'adresser.

POÉSIE

« Je vous ai dit ce que j'avais à vous dire, que vous deviez, d'ailleurs, être ou non satisfait de mes conseils. »

Ce livre a été fini avec l'aide de Dieu.

TABLE DES MATIÈRES